U0001536

六四舞台

1989 MAY 五月

星期日 SUNDAY

九九月 焦空厭 大九地 煞坎火	宜 銘傳緊 記承守	己巳年（蛇年） 五月 初 一 巳巳月※乙未日	忌 遺喪失 忘志望	明福守 堂德日 月益天 德後巫 合

日出	04:47:01
日落	19:38:39
中天	12:12:41
月出	04:30:26
月落	20:35:32
月中	12:31:34

子	丑	寅	卯	辰	巳	午
0-1	1-3	3-5	5-7	7-9	9-11	11-13
凶	凶	凶	凶	凶	凶	凶

未	申	酉	戌	亥	孖
13-15	15-17	17-19	19-21	21-23	23-0
凶	凶	凶	凶	凶	凶

乙不栽植千株不長

未不服藥毒氣入腸

六四舞台

五月

NDAY

忌 喪失 志望

明福守 堂德日 月益天 德後巫 合

寅 卯 辰 巳 午

服藥毒氣入腸

唔畀提 唔代表已經忘記

黃勤帶攝影作品

黃勤帶攝影作品

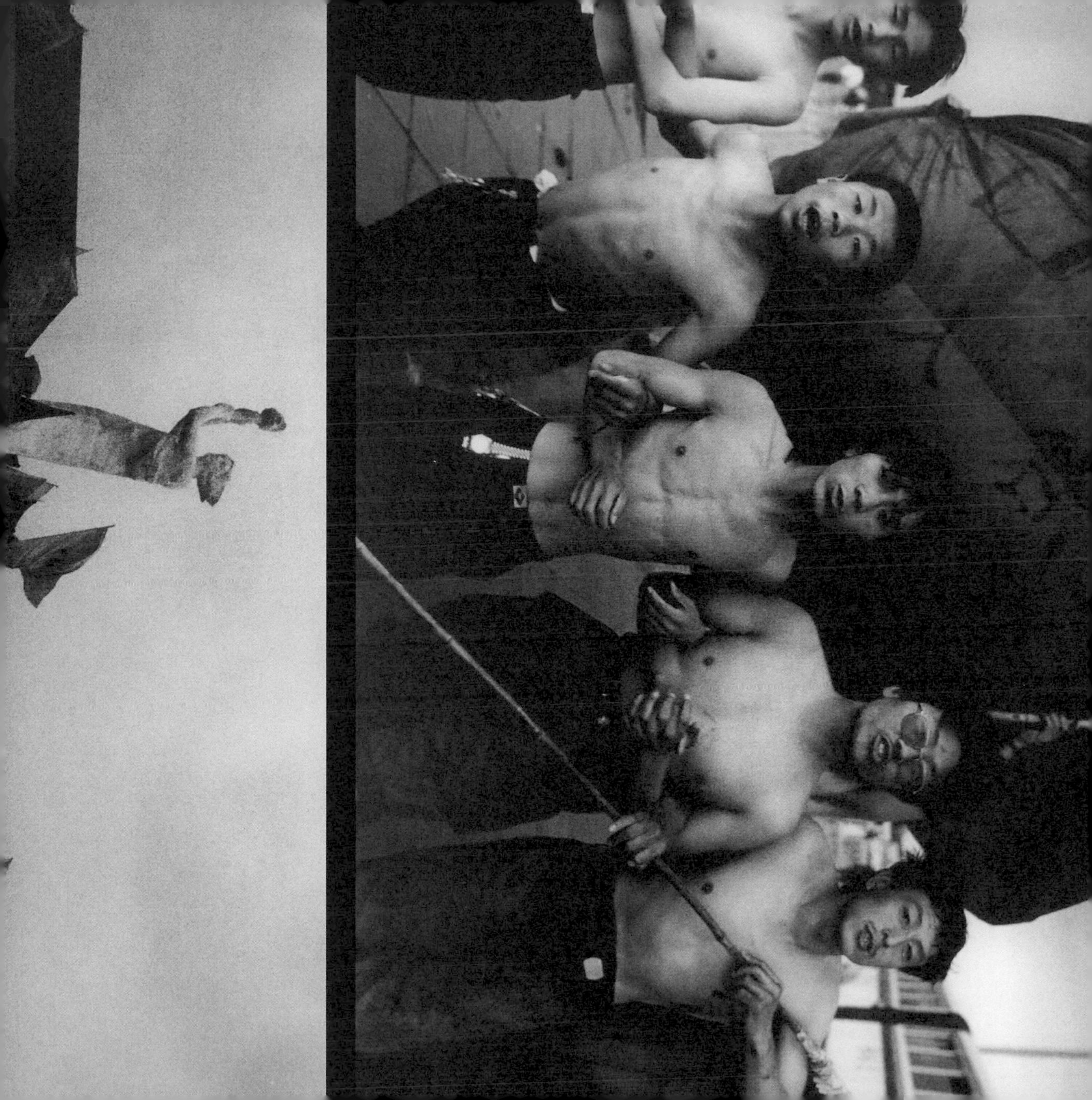

第一章：報道 · 原初的抗爭意志

第二章：三語劇本 · 向世界吶喊

第三章：評論・暢所欲言的自由

附錄

保持憤怒，堅持想像

王超華／八九民運學生領袖

三十四年前的 1989 年春夏之交，中國發生了震驚世界的天安門抗爭和六四慘案。自那之後，每年六四，我們和世界各地的朋友們都要以各種形式紀念當年的輝煌和慘烈。每一年，香港維園的燭光悼念晚會都向全世界傳達出最強勁的聲音：我們沒有忘記；我們不會忘記！—— 直到 2020 年港版《國安法》實施。維園燭光不再，但我們仍然在堅持，在世界各地都有我們的同道，其中也包括中國內地很多默默耕耘默默紀念的人們。

每到這樣的日子，常常有人問起：為甚麼一定要紀念六四？年復一年，我們曾以各種方式作出回應。而 2019 年為六四三十周年創作演出的舞台劇《5 月 35 日》，是我們看到過的，對這類問題最直觀、最樸素，同時也是最深刻的回答。

劇中人物小林和阿大是一對病入膏肓、行將就木的老夫婦。他們在三十年前那個血腥之夜失去了唯一的愛子哲哲，一位勤學敏思熱愛音樂的高中生。發人深省的是，小林坦承她既不懂音樂，也不懂政治；甚至因為別人出於私心的操作，在官方檔案中哲哲是因車禍離世，所以他們並沒有遭到六四難屬身份下必然會有的監控和公開騷擾。為甚麼三十年過去，在生命的最後時刻，仍然意難平？原因很簡單：哲哲的生與死，始終被重重謊言包裹；作為父母，他們被迫沉默，成為愛子遭受二度謀殺的幫兇。於是，我們看到充滿愛意的回憶，也看到難以遏制的憤怒和抗拒。這裡的憤怒，出於被強迫接受乃至附和謊言時的無力和屈辱。憤怒而抗拒，既是為愛子堅持公道，同時也是確認自身也仍然是一個誠實正直的人，必須抵制謊言，從而追討回自己的人格主體。

所以我們要紀念六四。

這部舞台劇長達兩個多小時，全場沒有一句台詞提到「5 月 35 日」。這個奇怪的日期不需要解釋嗎？這個日期和劇情的關係，完全依賴於觀眾的會意和聯想。多年來北京官方將每年的六四前後設定為敏感日期，不敢提，也不許提，並且將這種偷偷摸摸的行徑強加在難屬身上。「天安門母親」難屬群體的重要訴求之一，就是要光明正大地紀念六四，為死難者伸張正義。

紀念六四，既是為了不忘過去，也是為了拒絕謊言。中共強迫人民附和謊言，滋養奴才文化，使我們無法不憤怒。官方用謊言重複褻瀆六四亡靈，令我們尤為憤怒。

但我們不僅僅有憤怒。《5 月 35 日》這部劇中展示的有隱忍三十年的憤怒，也有遲來的覺醒。耐人尋味的是，覺醒後的決絕不再以憤怒為唯一標誌。在雞蛋決心撞向高牆的時刻，劇場拋棄寫實風格的呈現，有力地烘托出支撐那憤怒的基石，一方面是對天安門抗爭參與者和死難亡靈們，每一個人的具體深沉的愛和信任，另一方面，則是堅持想像不可能境遇下的可能性，堅持想像一個更美好的明天。

這正是天安門抗爭為中華民族留下的最寶貴的遺產。當年北京日常出現上百萬人聚集廣場和長安街，全國更有百多個城市持續爆發遊行示威和絕食抗議。那麼多參與者，他們的想法完全一樣嗎？怎麼可能！當然不一樣！但是抗爭運動激發出了人們罕見的政治熱情和想像力。促使他們參與運動的，不是精心算計之後的豪賭，而是大家普遍分享的最起碼的信任和嚮往。4 月 27 日，第一次堵塞長安街的大遊行，在抵達中南海之前衝開軍警攔截隊伍，令北京城洋溢著一種「解放了」、「自由了」的氛圍。人們終於可以脫離指定的講稿，說說自己理解的正當的公共政治生活應該是甚麼樣。無論當時的那些言論有多麼不成熟，也無論抗議具體進程中有多少誤判或混亂，那都是真正的參與式政治。參與時的相互信任有多深厚，最後鎮壓來臨時的反抗就有多慘烈。六四亡靈絕不是官方惡意詆毀的「暴徒」，不是甚麼「不明真相的群眾」受人矇騙，更不是一些冷冰冰的數字。他們都是活生生、有愛、有信任、有政治想像力的一個個人，是我們的公共生活最應有的積極參與者。

所以我們要紀念六四——

有愛。有信任。保持憤怒。堅持想像。
天安門精神永存！
六四亡靈不朽！

他們的故事，也就是我們的故事

羅永生／香港文化研究學者、評論人

得悉《5 月 35 日》成功面世，十分高興。不單只是因為這本書收錄了一個以「六四」為題材，寫得極為出色的悲劇劇本，也因為它從側面記載著，香港一場以悼念六四出發，三十多年來一直開展的抗爭運動，最終如何在香港本地落幕。從思想史和文化史的角度而言，這段歷史本身就是一齣悲劇，它的終局尤為悲壯。

這幾年來《5 月 35 日》不同版本的演出，筆者大都有幸欣賞，每次都隨著新的觀賞環境而產生內容不一的感動。2019 年 7 月尾，721 元朗白衣人襲擊事件發生不久，筆者坐在藝術中心的觀眾席上第一次觀賞本劇。地鐵站恐襲的場面還是歷歷在目，與舞台上呈現的三十年鬱結遙相呼應，「歷史」從來沒有如此地靠近我們。2020 年六四前夕，我又透過網上直播重溫，既因為疫情爆發，也因為政局急轉直下，人人擔心這次破天荒的全港直播，能否順利完成。那是一場別開生面的「演出」，也是一件行進中的「事件」。翌日維園的集會不再「合法」，但仍有大批市民自發前往，支聯會的口號變成當中微弱的其中一把聲音。到了 2021 年 6 月 3 日，《5 月 35 日》以網上直播讀劇，六四當晚，維園被龐大警力禁閉， 但附近街道滿布手持燭光的市民，翌日筆者的腦海裡盛載著這一夜壯美的街頭光影，起程離開香港。2022 年 6 月，我和其他流亡或移居者在倫敦 Genesis Cinema 重溫《5 月 35 日》的演出錄像，飲泣之聲在全院此起彼落。

戲劇是回憶的載具，可以讓我們回到被遺忘的過去，但也可以把過去帶到我們的當下。如果「八九六四」曾經被認為是關於那個日漸和我們生疏的當時當地，《5 月 35 日》的這些演出和觀賞經驗，卻在在把我們的當下此刻，重新放置到一個不斷伸延的「八九六四」。觀眾在舞台所看到的不再只是演員們的演出，而是親身站上了歷史舞台上的自己。他們的故事，也就是我們的故事。「不想回憶，未敢忘記」的，不再是關乎日漸「陌生」的他者，而是我們自身命運的呼喊。

《5 月 35 日》的主軸不是六四那夜發生的事，也不是八九那場民主運動的歷史篇章，而是關於六四的記憶如何被禁閉、壓抑、消滅、隱藏的故事，它們如何構成一代人的創傷和揮之不去的鬱結。直到今天，它幾乎已經被那地方的新一代徹底淡忘，可是，苟活半生的老一輩臨終的絕望，再也壓不住要到廣場去來一場光明正大的紀念 —— 這哀悼亡者的衝動就成為對極權公然的反抗，和對未來寄予希望的象徵。

香港過去三十多年來一直維持一年一度的維園悼念，成為五星旗下唯一能光明正大地悼念六四的地方。不少人為保存這記憶付出了不懈的努力，在沉淪於犬儒和冷漠的世道示範微弱反抗的勇氣，也內化為提升香港人積極精神面貌的養分。《5 月 35 日》在剖白這段歷史鬱結的同時，也間接給予香港這份堅持悼念三十年的事跡一段充分的註解。沒有這段作家米蘭．昆德拉（Milan Kundera）所言的「記憶與遺忘的鬥爭」，也就沒有香港人長期地，在社會的微觀層次持續與親專制力量周旋的演練機會，也不會在這座以聲色犬馬見稱的商業城市，如此渾然天成地孕育出《5 月 35 日》這部出色的劇作。

過去十年，筆者一直認為，香港人除了參加每年的六四維園悼念集會之外，更應認真整理和反思關於六四的記憶，如何進入香港本土文化和政治脈絡的經驗。原因在於，六四不單只是中國的事，相反地，它已經在香港本土播種生根，構成了甚麼是香港，甚麼是香港人，塑造著當代香港文化，涵養著香港身份中關鍵的價值認同的重要力量。就此而言，劇作《5 月 35 日》在

2019 年開始，每年接續以不同形式演出，本身就是「六四本地化」歷程的高潮，也是香港劇場藝術發展的重大事件。

今日，在香港本地的悼念六四活動已經被扼殺，「六四舞台」也無法繼續在香港安排演出。然而，這只是終結了「記憶與遺忘的鬥爭」的一個章節。而隨著《5 月 35 日》開始在海外演出（包括錄像放映和翻譯後的舞台演出），以及今次國、粵語和英文劇本的出版，「六四記憶」和「六四記憶的香港抗爭經驗」正在踏上新的里程。它們會更進一步，改變世界的中國想像、香港想像，介入各不同的劇場、藝術和文化脈絡，成為我們這世界的一部分。

隨著《5 月 35 日》的出版，筆者更期盼未來有更多的研究或資料整理，總結這些年來在教育、媒體、流行文化、音樂、視覺藝術、公民社會等領域中，關於六四記憶、六四呈現等的角力，從中我們可以重新發現香港人的生成（becoming）軌跡，立體地承傳這份無權勢者抗爭的文化與香港獨特的歷史經驗。

是為序。

劇場震怒之日——讀《5月35日》

鴻鴻／臺灣劇場編劇、導演

看《5 月 35 日》的演出錄影時，我幾度無法自持。劇本喚起的，與其說是三十三年前那個夏天無可挽回的悲劇，不如說，更是這三十三年來日日上演的，噤聲、低頭、忍辱的悲劇；與其說是「六四」的悲劇，不如說是「5 月 35 日」的悲劇；與其說是抗爭的悲劇，不如說是失去哀悼權利的悲劇；與其說是死難者的悲劇，不如說是苟活者如何度過餘生的悲劇——也就是說，把焦點從天安門學生，移到了億萬中國人，以及持續的受難者（如圖博和維吾爾人）和旁觀者（如臺灣的我們）身上。

但為甚麼是香港？為甚麼這聲音從香港發出，為甚麼劇中這對北京夫婦要以粵語發聲？從八九六四到九七回歸，又到二〇二〇《國安法》施行，中國強權持續進逼下，香港卻始終是紀念六四最重要的據點和前線。雖然海外和臺灣每年都有六四紀念活動，但遠不如香港維園的燭火那麼凝聚、那麼堅定。港人紀念六四，同時也代表自己追求自由民主的意志，這讓香港成了天安門廣場的延伸。尤其在中國以狼性征掠全球的時代，門口這彈丸之地卻明明白白宣示並不買單。於是「六四紀念館」在香港，「六四舞台」也在香港。這除了一份俠義之心，更可以說是生存權的搏鬥——當然是香港，香港必須證明在陰影底下，仍然有自主意志，仍然海闊天空愛自由。《5 月 35 日》以粵語發聲，讓這齣戲同時也說出了香港人的故事。

抗爭者易寫，苟活者難描。因為人世千千萬萬都是戲劇衝突欠奉的苟活者，非得逼到絕境，才會逼出一聲囁嚅。莊梅岩寫這對臨近生命末日的老夫婦，其實非常荒謬劇——如同貝克特（Samuel Beckett，1906 - 1989）筆下廢墟中、垃圾堆中僅存的病殘者，一無所有，只剩下昔日美夢幻想；更如同尤涅斯柯（Eugène Ionesco，1909 – 1994）筆下，不肯隨全城變成犀牛的正常人，卻被視為瘋狂。不同的是，荒謬劇的情境是抽象隱喻，《5 月 35 日》的情境是極端寫實。二十一世紀猶然張牙舞爪、意圖遮天的政府，不是荒謬至極嗎？於是，這齣寫實劇成了今日真正的荒謬劇。

現實是荒謬的，劇場卻讓人們恢復正常。莊梅岩寫出了荒謬中的日常真實。一開場，只聽得老頭能跟對門鄰居嗆聲，抱怨對方的鞋櫃愈擺愈近，愈佔愈多：「……跟你說過幾次了？一人一邊，你怎樣都要越線，現在幹嘛，我不出聲你就故意放過來？整間屋子都給你好不好？連這條命都給你好不好？」這是小人物只能爭雞毛蒜皮的現實，聽在觀眾耳裡卻好生熟悉——不就是畫出「一國兩制」界線卻不斷逾越的那個惡鄰嗎？「窮人惡，富者不仁，虛偽作假的，多半都是文化人。隔壁那個就是這類人，還說在重點國中教書，那些學生在他身上沒甚麼可學，只會學到說一套、做一套！」——不就是那個自詡「文化大國」、卻日日睜眼說瞎話的政權嗎？

這是寫給香港觀眾的微言大義，而每天被境外謊言、謠言、假新聞和境內傳聲筒認知作戰洗版的臺灣民眾，也絕不陌生。民主政府不見得就言行合一，但政府可以說政府的，人民也可以說人民的，真理有機會愈辯愈明。極權政治底下的人民，只能發展隱語的藝術。像《茶館》那樣眾聲喧譁的戲劇，只能當前朝的歷史劇演；或者像林兆華的《哈姆雷特》，演員／角色隨時可以身份互換，人人都是復仇者、人人都是罪犯、也人人都是同流者——但文本是莎翁寫的，你可不能把莎翁入罪。像《5 月 35 日》這真實的絕地吶喊，在一國一制的國度，真久違矣！

劇中的兩位老人，在觀眾眼前一步一步邁向衰病和死亡，與日益逼近的失憶、失智抗爭。其實寫得最動人的，是兩人在一致性的苟活中，截然不同的心態，從彼此怨懟到終於和解並互相安慰、互相砥礪、互相承諾，是草芥被擠壓到粉身碎骨前，迸發的勇敢與良善情操。劇終衝進天安門廣場的想像，像天國重聚那般詩意而渺茫。很少看到這樣絕望與希望並蓄的結尾，還能帶給我們生存與抗爭的力量。這是一闕高尚美麗的安魂曲，但最後一曲不是〈往天經〉，而是〈繼抒詠〉，唱的是「Dies irae」（震怒之日），召喚所有靈魂行最後審判，將惡靈投入永獄，受苦者得到至福。

六四舞台在恐懼中擇善固執

列明慧／「六四舞台」主席

《5 月 35 日》是「六四舞台」最後一個在香港公開演出的劇目。說是最後一個，是因為「六四舞台」被恐懼吞噬了，在 2021 年已自行解散。那段風雨飄搖的日子裡，民間組織解散潮一波接一波，我們懷著心不甘情不願，誠惶誠恐的混亂思緒去處理申請解散劇團的行政工作，等待警方確認社團解散的同時，一面得悉同樣申請解散的劇團及民間組織通常一星期內會收到確認，我們卻已等上三星期；一面內部討論是否如同「支聯會」一樣連網站和臉書專頁也要刪除。要麼親手抹掉過去十多年心血作品的歷史紀錄，要麼承受有成員可能會因此牽連招致牢獄的風險。我們反覆討論自己是否過度神經質，還是應理所當然地相信法律會保障創作自由？作品早已公演了，當局是否有追溯權？不斷地審查過去質疑現在，To be, or not to be，嘆息我們竟然身處一個如此荒誕的時代……（喂阿哥，做幾齣話劇啫，危害到個屁安全咩？！這可成為法庭上抗辯的理由嗎？）最終，雖然我們沒有收過一封警告信，但在失去「免於恐懼的自由」下，我們刪除了網站，隱蔽掉臉書專頁。隨著不少香港新聞機構停止運作，大部分「六四舞台」過去演出的新聞報道、評論等，在網上已無影無蹤了。

「六四舞台」的成立是本著以戲劇形式，讓人認識六四真相，反思人性。每一個製作，我們都著重要從不同的角度去回顧八九六四，從天安門廣場上風風火火的青春熱血、血腥鎮壓後內地一片白色恐怖、營救被迫逃亡人士的「黃雀行動」、流亡海外學生領袖的漂泊零落、國內維權人士被打壓逼迫牢禁、到白髮斑斑的遇難者家屬沉鬱而終。即使寫的演的是當年故事，引發出所思所想卻盡是香港的當下。香港人在這場民主運動中從不缺席，也成就了香港本土政治運動的重要脈絡，塑造著香港人在當代中國扮演的重要角色。也因著香港的特殊地位，曾經享有資訊流通的自由，言論、出版及創作自由的百花齊放，香港人可以從不同題材的藝術作品中，認識人性的光明與陰暗，在反思和質疑中，發掘出真善美。

大概我們這份善意得到「戲劇之神」的眷顧，「六四舞台」一直得道多助，多年來與不少香港出色的劇場工作者合作。從 2009 年到 2021 年，我們每年都有演出，共製作 8 齣公演舞台劇、1 次網上串流直播、2 個網上讀劇會及 295 場學校巡迴演出。2018 年，更邀得著名編劇莊梅岩撰寫《5 月 35 日》，創作團隊花了整整 18 個月籌備演出。在 2019 年演出期間，香港發生一場史無前例的「反對逃犯修訂條例運動」，5 月下旬首演 6 場期間，運動開始升溫，香港人高呼要維護人權，反對修訂條例，到 7 月重演 5 場，香港人親身經歷了內地對維權運動的鎮壓模式，催淚煙瀰漫的街頭接通了當年火光熊熊的廣場，地鐵站的白衣人恐襲聯繫到鄉黑片警合作執法，我們對「暴徒」還是「暴政」的爭論感到切膚之痛。

及後新冠疫症襲來，香港所有演出劇場關閉，2020 年《5 月 35 日》（庚子版）舞台演出被迫取消，我們把本劇由舞台移師到網上直播演出，反而讓更多觀眾可以分享這個故事。我們籌備庚子版演出的那段期間，中央硬推《國安法》，踐踏一國兩制，收窄我們的自由。作為創作團隊，怎會沒有恐懼？但是至少我們堅守到最後一刻，沒有出賣靈魂沒有歌頌極權沒有扭曲如蛆蟲，我們擇善固執、為蒼生說話。

2021 年 10 月，我帶著《5 月 35 日》的版權移居海外，在臺灣、英國、美國，加拿大等地舉辦過舞台劇錄影版的放映會，說六四真相的同時，也說出香港的故事。期望是次劇本集在臺灣出版，能記錄時代、見證時代，更希望將這個出色的粵語劇本，翻譯成國語及英語，有利不同地區的劇團可以搬演。讓不能在香港存在的《5 月 35 日》，能在其他地方活下來。等風起時，讓爭取民主自由的風箏飛得更遠，讓種子飄落你家的花園，長出自由花。

E1
H6
F1
学生証
H15

2009年

「六四舞台」成立，及後歷年持續創作多齣六四相關劇目。

2017年

「六四舞台」委約編劇莊梅岩撰寫劇本；《5月35日》劇本誕生，並邀得李鎮洲擔任導演，開始籌備演出。

2019年

《5月35日》兩度於香港藝術中心壽臣劇院演出，年底開始邀約導演陳曙曦製作《5月35日》（庚子版）。同年6月香港爆發反修例運動。

2020年

受新冠肺炎疫情影響，演出被迫取消。團隊決定網上眾籌製作費用，改以網上直播演出。六四前夕，《5月35日》（庚子版）全球同步免費播放，觀看直播人數超過6萬，90小時內共有逾55萬瀏覽量。同年6月，香港警方首度反對「支聯會」於維多利亞公園舉辦的六四悼念晚會。6月30日，香港政府宣布《港區國安法》通過並實施。

同年9月舉行7場《5月35日》（2019舞台版）錄像放映會。

劇作於「第29屆香港舞台劇獎」獲6項提名，並奪得5大獎項：最佳製作、最佳導演（悲劇／正劇）、最佳劇本、最佳燈光設計和年度優秀創作。

2021年

受表演場地封館影響，原定於2021年1月的演出再度被迫取消。於6月1日、3日舉辦2場免費直播網上讀劇會，除《5月35日》（庚子版）以外，還有創團劇目《在廣場上放一朵小白花》。

同年9月，「支聯會」成員被警方上門拘捕。警方正式起訴支聯會主席李卓人、副主席何俊仁和鄒幸彤，以及支聯會「煽動顛覆國家政權罪」，最高刑罰可處終身監禁或者十年以上監禁。在失去「免於恐懼的自由」下，「六四舞台」自行解散。

2022年
4月20-24日

於東京藝術劇場公演了日本劇作家石原燃翻譯的《5月35日》（日語版）共7場，由日本劇團株式会社Pカンパニー製作，松本祐子導演，並於同年12月獲「小田島雄志·翻譯劇本獎」。

2023年
6月2-4日

國際特赦組織臺灣分會主辦，「曉劇場」製作，於臺北搬演《5月35日》（國語版），演出5場，並特設1場粵語讀劇。

MAY

35th

第一章 —— 報道・原初的抗爭意志

六四的

三十年經緯軸

——鄭美姿

五月尾這個星期，一直被一堆似乎饒有深意的數字纏繞腦海：四月、十五號、五月、三十五號。我在電腦上開了十幾個視窗，深陷在一堆 YouTube 影片、不知名的簡體字網頁，還有更多說不清來龍去脈的頁面上。我一邊警覺地擷取似乎重要的文字細節，一邊又猝不及防地哭了一場稀巴爛。

三十年以前的舊事了，網絡上的天安門影像粗糙、鏡頭搖晃，這叫做時間的洗禮吧。我不覺得很傷心，更覺悲涼和恐懼。人民徬徨的面容、現場錄音所得一段戒嚴部隊的宣言，在這幾日略為清涼的夜晚細聽，讓我的背脊一涼，爬滿了冷汗。

不過，我想寫的不是這些。

三十年前的八九六四，有一條事件發展的軸，廣場一夜，轟烈之後，戛然而止。三十年之後，香港成為了世界上保存六四記憶最完整的地方，是一種命運的無可反抗，讓我們在不為意之間，赫然發現自己原來走在這一條經緯軸之上。而我一邊保守著回憶，恐懼卻一邊油然而生。對了，就由這裡開始寫起。五月中的記協晚宴，黃耀明出現在舞台上，他拿著咪說：「這首歌昨晚凌晨四點幾才錄好，這是我第一次公開演唱。」

歌曲叫《回憶有罪》：「如燭光都有罪／將暗黑多幾十年……莫須有／是誰造就壯烈／願廣場上／聲音不會滅。」當時我心想，香港還有哪個舞台能包容他唱這首歌？第一次在記協，第二次大概就在六月的維園，然後再不會有第三次了吧？但三十年前，TVB 明明連《歡樂今宵》都要改成悼念節目，藝員歌星無一不在襟上別上一方黑紗，才出現在電視機裡頭。那樣黑白分明、讓我們身心都得以活在陽光底下的年代，是永永遠遠地一去不復返了吧？寫到這裡，我背脊一涼，心中悲切。

緣於一種文字自由正在收緊的恐懼，我答應了一個網媒替他們寫六四的專題報道，迫著翻看很多其實興趣已漸漸減退的資料。六四是一個三十年前的點，那些相片、那些片段、那些面容、那些槍彈聲、那些聽明一半又丟了一半的普通話，印象上覺得都看過了、都感受過了，然後呢？然後，我讀到張健的名字。

·只在兒子面前笑

那是今年四月尾幾份報紙有限度的篇幅，標題是：六四中槍學生張健病逝。我記得張健啊，六年前訪問《鏗鏘集》編導潘達培時，曾看過很多六四的專輯。其中六四二十周年，潘曾經遠赴法國訪問過張健， 他在巴黎流亡，終日想家。

八九年他只是個十八歲半的小子，在廣場上被轟三槍，大難不死。這些細節我其實都忘了；但忘不了的，是他在巴黎的斗室裡，用視像跟遠在北京的母親「見面」。《鏗》的鏡頭，則拍下了張母豁達的笑臉，那是一個幹粗活的婦女身影，黝黑的膚色、過時的衣著。她笑著跟記者說，每當兒子在電話哭著說想媽媽的時候，她總是笑，而且笑得特別開懷，「我不讓他惦掛！」但說完後，她卻哭得止不住聲音，兩隻大手遮住了臉。

就是這個張健，在片段中每說起母親，眼睛就載滿淚水，健碩的身型一下子顯得有如男孩的張健。原來他在六四前夕突然猝死了，死時四十八歲。這是一條虛幻的經緯軸，我突然覺得自己跟這個張健，還有張健的媽，站在同一條亦真亦假的虛幻的軸上。我看看日子，張健已經死去一個多月了，而我竟然瘋狂地在網絡搜尋他的名字、他的故事。我迫切地想知道，他最後回家了嗎？他的媽媽知道兒子的死訊嗎？他們終於見過彼此了嗎？

我找到一篇張健寫的日記，那是三年前的六四前夕。他寫道，就在前一年（2015 年）， 媽媽獨個兒拖著一條瘸腿，由北京搭飛機到法國，去到巴黎戴高樂機場。人生第一次坐飛機的她，一路上給自己勇氣：「主走在前面，我走在後面！」

・「地上不見天上見」

張健在機場閘口看到很多中國人的面孔，但他找不著媽媽，心裡一直慌，直到聽見一個微弱的聲音叫「張 —— 健 —— 張 —— 健」，他就記起了，從小就是聽著母親這樣子喊他回家吃飯的。把媽媽接回家後，張健說，他立即就跪下來，跪在母親面前大哭，跟媽媽說對不起。張健的母親，終於能實實在在地坐著看兒子，叮囑眼前這個只敢在心裡思念的大男孩不要哭，她說：「基督徒，地上不見天上見。」

母親在巴黎住了一個月，張健說，他一直睡在媽媽的身邊。她要回家的前幾天開始，每日都看著天空，數算經過的飛機。張健寫道：

「她知道要走了，不放心我一個人。」那一趟回程，張健母親先在香港停留，才返北京。香港的朋友帶張母到六四紀念館參觀，她認真地逐張圖片細看，由頭哭到尾，之後一口飯也不肯吃。張母當時說，沒有想過天安門當日，原來是如此的慘烈。

張健引述母親探訪香港之後，感慨地說，六四不過是中國北京大陸的事情，這些香港人非親非故，怎麼這樣關心、對他們這麼好？她說這些都是好人，有好人支持，實在是美事。

張健遲來的故事，我看到這裡，看在他死了之後。而他真正離世的日子，原來是四月十五號。那一天，同樣也是胡耀邦的死忌。而三十年前八九六四那一條事件發生的軸，似乎也經過四月十五號這一個重要的日子。

·跟死去兒子道歉的母親

在香港媒體很多關於六四的報道中，我看到這一則新聞。天安門母親發言人尤維潔，近日發放了多條六四死難家屬的短片。他們年邁的父母親，手上捧住白蠟燭，悼念死去的孩子。三十年了，自從八九六四那個點之後，他們的生活究竟如何度過的？其中一個滿頭白髮的媽媽，她是退休大學講師。她的兒子劉洪濤，十八歲那年，在六四的夜晚，於文化宮附近遇難。

我找到《鏗鏘集》較早前一個特輯，叫做「八九演義：第三回：尋」，記錄了尤維潔當日替劉母拍攝短片時的過程。這個母親齊國香穿了一件光鮮的花大衣去迎接尤維潔；見到尤後，緊緊摟著她不放，交代說由於丈夫住院了，因此今日不能相迎。去到劉母的家裡，尤維潔點起了白蠟燭，準備好攝錄機，劉媽媽的眼睛垂望鏡頭，開始小聲地跟兒子劉洪濤說話。

「三十年來，每到這日子，我和你爸都在屋裡悼念你，慢慢地哭，我們沒有公開悼念你，請你原諒。因為你的骨灰也沒地方放，只把它放到床底下。」說到這裡，她捧住白蠟燭的手不住抖震，「爸媽死後也要跟你會合，好好陪伴你」。突然她打住了，說不下去，大哭出來。

站在她對面的尤維潔，抹著眼淚，不忍拍下去，立即關掉攝錄機，走到劉母面前，接過她的白蠟燭，拍著這個老人的肩膊說：「不要說了，不要說……」

・四十歲以下的人不知六四

臨別的時候，情緒本來平復了的劉母，眼見尤維潔要離開了，一別不知何時再遇，她再次按捺不住。尤維潔緊緊地摟著她，劉母震顫著要把這句話說完：「這麼多年來，政府層面從來不准提，四十歲以下的人都不知道六四是怎麼回事。我這兒子非常優秀，政府也不給一個交代，我們死不瞑目！」

直到尤維潔真的要上車走了，劉母這才囁嚅地說，其實她根本沒將這次約會告知丈夫，因為怕他不能承受要再一次揭開三十年前傷疤的痛楚。

・十年之後的六四

六四的人、六四的事，在香港和內地，流傳的是兩個截然不同的集體回憶。儘管三十年前，六四是個人人都可以毫無顧慮地掛在嘴邊的數字；三十年後的今日，香港人已經把它當成是敏感詞了，只有很少人夠膽說、很少媒體夠膽做。這幾天正在公演的六四舞台劇《5 月 35 日》，由莊梅岩撰寫劇本。她最近在訪問中說，從來沒有想過，有人因著她寫這套劇而去找她，要她噤聲。沒想過香港來到這一天了，她會因著創作而受到威脅，「在香港土生土長，以往只會諗賣得好不好，不會想甚麼事可不可以講」。

不過這天真的來到了，在香港人不知不覺之間。今年是六四三十周年，十年之後的六四四十周年，香港還有甚麼報紙、有甚麼電視台、有甚麼劇場、有甚麼歌手、有甚麼場地，能讓我們在陽光底下，再去說一個屬於我們的集體回憶的版本？謹在此記，二〇一九年的六四前夕。

（本文原刊於《明報》2019 年 6 月 2 日）

六四舞台 莊梅岩：

我們不能不做，香港人不會習慣那種沒自由的生活方式

記者：陳喜艾

5 月 31 日晚上，由編劇莊梅岩及導演李鎮洲拍擋操刀、講述八九六四的舞台劇《5 月 35 日》正式公演。經歷干擾、恐嚇、觀眾反應愈來愈冷淡，主辦單位「六四舞台」在六四三十周年重振聲勢，門票開售三小時已售罄，劇團成立十年以來，首次加場。

演員謝幕後，掌聲一度長達半分鐘，幾乎沒人離座，留下參與演後座談會。

有人問莊梅岩，演出前曾受到干預是甚麼回事，她沒有說來龍去脈，但說了另一件事——首演當天早上，她在微信收到曾訪問的難屬傳來一張花束照片，她想，花束該是對晚上演出的祝福，於是以一個微笑表情符號回應了。「這種交流很隱晦，我其實並不習慣。我們香港，仍有自由，我們真的要好好珍惜，我們現在是方寸必爭，勢力是有如坦克車般來。我們日常工作的確很忙，但這些事我們不能不做。我們香港人，是不會習慣那種沒自由的生活方式。」

2014 雨傘運動之後，香港政治氣候急轉，遊行人數銳減，六四燭光晚會在出現「行禮如儀」的批評、學生團體如學聯及八大學生會表明不參與之下，愈來愈冷清。但這一晚，在劇院裡面看，香港人對六四的熱熾，似乎從來沒有冷卻過——座談會之後，場外水泄不通，排隊購買劇本和紀念品的人龍，擠滿大堂與樓梯；「你們捐多少？」一個中年女人拿著 500 港元紙幣，問身邊兩個同樣拿著 500 元的朋友，一個是婆婆、一個雙手撐住拐杖。

看著十年來反應最熱烈的場面，受到鼓舞的監製列明慧，整晚在舞台前後打點，充滿幹勁。但她沒有就此忘記了這年頭的風高浪急，在台上致謝時，一貫的沉穩冷靜：「我是前線醫護，目睹過有病人在臨死前的確會好像康復一樣。今日的六四舞台這樣精神奕奕，我也不知道這是否迴光返照，每一年，我們都當是最後一年演出，全力去做。」

十年前，有參與過燭光晚會義工的列明慧，與兩個志同道合的朋友成立「六四舞台」，開始以藝術的形式傳承歷史。第一年的《在廣場放一朵小白花》，票房九成；翌年，舞台收到打壓電話，更是一夜成名，劇場一票難求。其後，除了每年的公開演出，舞台還主動舉辦學校巡迴表演，劇目包括講述黃雀行動的《讓黃雀飛》和劉曉波夫婦的《大海落霞》。不過，舞台近年同樣受到社會氣氛影響，反應轉淡。

至前年，莊梅岩主動向「六四舞台」提出，想為六四寫劇本。「如果這個社會沒有人說應該忘記六四，我或者無咁激動，覺得要講囉。這事情，就是不應該忘記。你覺得可以忘記，是因為你沒從中拿到經驗。」那一年，佔中九子包括戴耀廷、陳健民及朱耀明被落案起訴、林鄭月娥當選第五屆香港特區行政長官、四個泛民主派立法會議員被裁定宣誓無效失去議席；那一年，香港大學學生會第三年缺席燭光晚會，香港中文大學舉辦的論壇，主題為「香港中國，漸行漸遠；六四意義，從何說起」。

由構思到正式公演，莊梅岩花了兩年時間完成劇本，當中大部分時間用在資料搜集。執筆寫《5 月 35 日》前，她看了不少關於六四的書籍、文章、影像紀錄，也訪問了不少人，甚至到過北京尋找靈感。

「我坐在幾個難屬當中，努力看進她們的眼睛，三十年，要說的都說了，但我想從她們眼中找出檔案裡沒有的，結果人的溫度真的可以傳遞，思念會感染，我得到遠超越劇本所需的資料搜集；我坐在流亡者當中，眼前受訪者穿著西化也時髦，然而一開口就是濃厚的北方口音，在異鄉流行曲襯托下訴說著當日落荒而逃的悲愴和不忿，一輩子都回不去的家國、一輩子都無法彌補的遺憾；還有幾個香港記者，讓我看到烙在目擊者心上的印記，時代見證有時是個沉重的包袱，尤其當你看到當日出生入死、義憤填膺的同袍一個華麗轉身，拋下專業操守與良知去指鹿為馬、助紂為虐。」莊梅岩把種種感受，寫進了《5 月 35 日》場刊中。

莊梅岩 2001 年從演藝學院畢業，做編劇十八年，曾五次獲得香港舞台劇獎的最佳劇本獎。她的劇本寫實細膩，思辯式的對白字字珠璣，當中不少直接探討社會議題，包括寫無國界醫生的《留守太平間》、以牧師性騷擾案為題的《法吻》、詰問教育制度的《教授》。

在寫《5 月 35 日》之前，六四早觸動莊梅岩的創作靈感，所以才有了被譽為其最偉大劇本的 《野豬》── 2010 年，「六四舞台」被傳媒阻撓宣傳有關六四的話劇，莊梅岩當時想到香港的新聞自由，於是透過《野豬》探討傳媒問題、操控審查。

在《野豬》正式公演時，她在場刊中曾寫到：「看著一個荒誕劇慢慢變成一個寫實劇，我的難過和憤怒不比當事人少。」

「那時只覺得六四舞台威脅事件只是個別事件，所以並沒多擔心。」但社會變質的速度超越她想像，她沒想到，自己終究也被捲進「審查」漩渦之中。

在六四舞台公布三十周年的劇本由莊梅岩執筆以後，有人曾聯絡她，要求她不要做和六四相關的創作。「你問我收到這樣的聯絡有沒有震驚？我當時是立刻打了一個很長的信息給李鎮洲，傳送之後，立刻就把信息刪除了。然後我打電話給一個朋友，想告訴他這件事，但我不想在電話裡說，於是直接上他的家，當面地說。我好驚。」

《5月35日》還是如期推進了，莊梅岩如常曝光，接受媒體採訪，講六四，講六四舞台。

訪問的日子，正值《5月35日》密鑼緊鼓排戲之時。春夏之交，傍晚時分，在何文田民居的天台，香港的天空由黃金泛紅，逐漸走進暗黑一片。莊梅岩亮起一盞燈，看著李鎮洲，「在提出合作的時候，我已告訴監製，我想找李鎮洲導這劇」。莊梅岩從演藝學院畢業後不久，因為《聖荷西謀殺案》認識李鎮洲。她一直很欣賞李鎮洲，說他總能在文本之中發揮想像力，突破文字的局限，讓劇本表達更多。

「我這個劇本傾向寫實，發揮不多，很需要他的幫助。」為了劇本，莊梅岩堅持花長時間搜集資料、閱讀大量資料，為的是要尋找觸動自己的人與事，然後把被觸動的情緒好好記住、消化，再轉化為劇本的養分。18 年來，在寫作的過程中，她試過被自己寫的劇本牽動情緒感覺透不過氣，但會邊寫對白邊眼泛淚光，還是第一次。

「有幾場獨白，寫爸爸憶述屠城之後，未有兒子音訊，他媽媽心裡還是有過希望。但我作為編劇，知道這媽媽將會接到兒子死訊，等待、幻滅，寫到這裡，情緒比較波動。我從未試過寫這樣沉重的劇本。」故事之所以沉重，不止是因為它是個悲劇，還因為它在歷史之中真實發生過。

「我們去『六四博物館』做資料搜集，看見有父母捐出了一皮箱兒子的遺物，裡頭有這個青年向父母道歉的遺書，這個我還是想像到的。但令我動容的，是一本筆記本，封面寫上『宇宙銀河系太陽系地球亞洲中華人民共和國北京市西城區一五四中學初三五班吳向東』，若是我兒子，他也許只會寫『小三丙班』。」

「這看上去是很微小的事，但我覺得，這正是人與人之間的分別，我好像看到這青年寫的時候是怎樣的模樣，然後有一種與不相識的人突然有了連繫的感覺。又有另一本筆記本，貼上很多從報章剪下來的 logo，令我想起自己由小至大的成長過程中放棄過多少興趣。人人都是這樣走過來，他走到那裡，就在那個位置中止了。」

錐心的故事，不止在一個人身上發生，而是在數以千百計的家庭重複。莊梅岩一而再請記者、請觀眾看《六四受難者尋訪實錄．名單》，「你們去看看，裡面的故事比我寫的劇更戲劇性。我們未必能立刻做些甚麼，但我們可以把看到的記在腦裡，帶給自己的孩子、自己身邊的人。當暴政來臨的時候，你就會首先發覺得到」。

莊梅岩以自己的人生代入歷史中的人與事，額外痛心。九年前，她生下現在讀小三的兒子；近年父母患病，她開始體諒年老父母的想法。但她想像，即使自己沒有孩子、沒有看見父母年老，單就這些年的社會氣氛，也足夠造就《5 月 35 日》。

《5 月 35 日》講述在六四失去兒子的一對年老夫婦，臨死前決定要為兒子做一件事。莊梅岩說，劇中的人，並不是「天安門母親」。「天安門母親，是選擇了抗爭的一群人，但我寫的夫婦，當年沒有選擇抗爭，他們一直有個鬱結，現在想去填補。」「劇本的風格是寫實的，故事不是很墟冚（大場面）那種。年老夫婦為兒子做一件事，整個劇，就是這樣簡單。」

2018年初，接到莊梅岩電話後一口答應當導演的李鎮洲，收到劇本的半完成品時，就覺得自己的決定沒錯。李鎮洲說話平靜溫文不徐不疾，與快語連珠的莊梅岩形成強烈對比，但他們都因為喜歡簡樸平實成為了好拍檔。「我喜歡這種簡單的起點，不花巧、不耀眼，反而令整個戲劇有更多空間發展，讓戲劇的張力出現。我很想令劇本成形，把文字變為聲音、變成舞台上的movement。」

一年過後，今年4月，在導演與演員正式開位排練前、圍坐讀順劇本的圍讀當天，莊梅岩終於把完整的劇本交到監製手上。

第四場戲，故事說到三十年前在天安門失去兒子的一對老夫婦，聲嘶力竭把冤屈都咆哮出來：「係你叫阿大否認佢係死難者、你唔畀我哋去追究，你驚件事牽連到你，你叫阿大求其影幾張相向我交代就處理咗哲哲 —— 軍隊濫殺無辜啊你知唔知？佢哋殺咗我個仔……」

「那種歇斯底里、鬧出來的說話，其實是我們放在心裡好長時間的想法。它或許會令你也想鬧埋一份，或許覺得『哇，鬧得很爽！』，還有的是，它其實勾起我們這一代對六四的回憶。」

八十年代，李鎮洲開始演舞台劇，中英談判的年頭，戲劇界掀起過一系列追尋香港人身份認同的劇目，當中 1985 年李鎮洲參演的《我係香港人》至今已成一個時代的標記。1989 年，30 歲的李鎮洲身在香港，與所有香港人一樣從新聞片段中看到血腥畫面。「北京人民如何湧出街道阻擋軍隊入城，最後有軍隊在街上驅散、開槍，當晚發生的事、種種畫面、後來香港人的反應……全部記憶回來了。」

李鎮洲的六四烙印是深刻的 ，三十年來，悲憤過、熱血過，也曾經放下過。「起初的一年，當然沉重，但始終不能不放下，實在太辛苦，但這不代表我們會忘記。」六四翌年，李鎮洲刻意尋歡作樂，故意放低，想自己暫時忘記不去想。李鎮洲與莊梅岩，這些年都少到維園悼念，但他們都沒有忘記過當年自己目睹的事。

「那時候我六年級，事件醞釀時，經歷過文革的父母常從內地親戚聽到消息，然後在家議論紛紛、經常鬧政府。發生翌日，年輕的班主任在講台上哭起來，然後帶我們做壁報。小時候，老師都是神聖的，她哭起來對我來說很震撼，記憶很深。」莊梅岩說，如今她雖然沒去燭光晚會，但如果新聞沒大篇幅報道，她會覺得很怪。「根本未追討完，為何突然不值一提了？」

「或許因為我是做創作的人，這十年社會的變化，讓我愈來愈尋根究柢地問，甚麼才是重要。」莊梅岩創作《5 月 35 日》，說到底不是因為覺得編劇有社會使命云云，而是六四在她人生中本來就是一件大事，就像愛情、家庭一樣。

「為了這劇，我訪問了一些內地人，雖然我覺得很重要，但其實沒有內地創作人會訪問他們，因為他們明知不能寫，又何必要訪問。但你明知這件事重要，而你又不可以去認識、不可以去寫，創作人不能回應社會，這種狀態對我來說是很扭曲。」

六四三十周年紀念之際，香港《逃犯條例》修訂的爭議也燒得火紅火熱，社會人士擔心這是當局打壓異見的又一重大舉措。《端傳媒》記者問李鎮洲，有沒有想過自己會因為《5 月 35 日》，而與自己扯上關係？「也有這樣想過。」

說到這裡，莊梅岩仍然無法想像，不同意政府的說話就等於與國家為敵。

「我從來沒想過。」壓在腦海深處的事，一直沒刻意提起，而他們也沒想到，直至來到第三十年，才終於覺得是時候要做點事 —— 並不只是因為事情經過長年的沉澱、人生經歷多了、心態轉變了等，而是因為社會也變了，變得愈來愈扭曲。

「如果沒有人刻意在模糊焦點、企圖洗走記憶，也沒那麼容易勾起我們反抗的情緒。你哪會想到，如今的學校要老師不要提六四，社會的影響之下，年輕人對六四的看法開始扭曲，這類事情是排山倒海的來。我們和年輕演員談六四，感覺是六四離他們很遠，無論是如何重要的大事、如何無法磨滅的歷史，只要你不刻意守住，當一代一代過去，原來真的可以被磨滅⋯⋯」李鎮洲一口氣說完，未及感嘆，莊梅岩就斬釘截鐵：「歷史就是要一代一代傳下去！」

（本文原刊於《端傳媒》2019 年 6 月 2 日）
https://theinitium.com/article/20190602-hongkong-6430-stage64/

甚麼人訪問甚麼人：

用二十年
尋找一對亡魂的眼睛

／ 譚蕙芸

懷上孩子後，莊梅岩又驚又喜，買了一隻柴犬回家，告訴丈夫：「不用擔心，有了孩子，我們還是可以有生活。」很快，她知道自己太天真。這天，生活如常忙亂。何文田街逾千呎的房子裡，孩子的畫作和咳藥水堆在餐桌上，九歲的兒子感冒了，鼻水直流，用廁紙捲成小棒塞著紅腫的鼻孔，下午鋼琴班要缺席，要打電話去請假，帶兒子去看病拿醫生紙……

要命的是，她也被傳染了。開門迎接記者，化了淡妝也遮不了病容，十歲的柴犬「旺財」竄出來撲向陌生人。莊梅岩翻了翻眼，用沙啞的聲線笑說：

「我受夠了任何要我照顧的東西。」柴犬之外，一家人還飼養了丈夫和兒子喜愛的幾十條爬蟲類寵物，外號「李小龍」的橙紅色一呎長蜥蜴懶洋洋躺在客廳電視盒上睡午覺。女主人忙得像瘋婦，牠冷眼旁觀。

眼前生活如此忙碌，一場三十年前遠在北京的慘案，與今日的莊梅岩何干？

這件事，沒有離開過莊梅岩的意識。對別人來說，六月四日只是三百六十五日的其中一天，發生在陌生人身上的一樁歷史過去；但莊梅岩用二十年去思索，如何走進事件，去體會死難者家屬的心境。做了母親，她明白多一點，還是直到目睹父母老去，她才忽然找到靈感：「以前一直諗，失去孩子幾慘，但換個角度，如果我畀人槍殺咗，變咗一個亡魂，回看人間，看到父母老來仍在為這件事受苦，到晚年仍要被這樣一個政權欺負，我團火，就嚟啦！」

紛亂的生活，對藝術家有時是一種干擾，但也是打通創作經脈的活水。身為母親，為人女兒，磨練著她的觸覺，讓她有力量去撥開雲霧，看清事物。她在 2017 年開始創作一齣關於六四的話劇，坊間出現「大中華膠才悼念」、「六四不關香港事」等爭議。莊梅岩只看到一個社會如何對待喪子老人：「有人死了，做父母的想去拜祭一下個仔都沒自由，點解我哋接受社會可以發生這些事？我們不去談論甚麼『六四』、甚麼『派別』，就是這麼卑微而平凡的要求。」

六四那年，莊梅岩讀小六。女班主任年輕而有熱情，對孩子們會說道理，就在開槍之後，她記得敬愛的老師紅著眼走入班房，問孩子「知不知道發生甚麼事？」整個早上，不教書了，和孩子一起剪報、做壁報，悼念死去的人。回到家裡，莊梅岩的父母一邊看新聞一邊哭。「在六四之後的那個早上，印象很深刻，見到父母、老師在我們面前喊，他們那種震悚，令我覺得自己一夜之間成長了。」

莊梅岩三歲隨父母從福建來港，每年回鄉探親。「六四後，對『祖國』這概念有了複雜的感受。」她強調，父親在文革受過迫害，一家人對政權之惡不是不理解，但她自己對「我是中國人」這身份沒有太大抗拒：「當然，會先想起自己是一個香港人。」

自演藝學院畢業，開始寫劇本後，她就想，「一生人有哪些題材一定要處理，六四肯定是其中一個」。幾年前，她去觀賞每年到中學巡迴演出的「六四舞台」劇作後，跟主辦單位交流，對方邀請她合作，當時她虛應，心裡想：「我都想寫呀，但唔知點寫。」莊梅岩說：「六四這種題目很『瀨嘢』

（難處理）……這題材很『想當然』，所有人知你想講乜，也知道發生甚麼事，你有甚麼新角度？」

第一個角度的確很「想當然」。做了母親，莊梅岩容易投入喪子之痛。「看到天安門母親說，整理兒子遺物的感受，我就立即想到自己個仔的心愛圖畫，他放在枕頭底下的寶物。那種愛會變得很具體，那個失去也變得很具體。若有人『呼瓜佢』（瞄一瞄房間外兒子身處方向），我會跟你拚老命。但寫劇本，用母親角度，又好似太陳腔。」

·代入亡魂看父母「團火就來了」

直到近年莊梅岩父母相繼患病，需要她經常照顧，這個中年女兒，忽然找到一個嶄新視角：「我很愛我父母，如果我是死了的亡魂，代入去亡魂個角度去睇這件事，嘿，我團火就來了！回看父母一生，到晚年仍畀一個政權去欺壓，被軟禁、被監控，我團火就好大。我找到一個寫老人家的角度去寫。」筆者問，劇場會否飄出一個亡魂，莊神秘道：「好勁㗎，到時入場睇啦！」

被亡魂撻著了心中那團火，莊梅岩開始蒐集資料，也親身到過北京。在她家那亂糟糟的書房裡，她找出四五本關於六四、天安門母親的書，有些絕版發黃。回看舊紀錄，還是人的故事最打動她。「我覺得我們看死亡，成為一堆數字，我們忘記了每個數字背後都有自己的人生和獨特性。最粗暴的政權就是把所有事變成一個數字，然後告訴你：『死咗幾多個人啫？沒有所謂吧！』」

「不是這樣。如果你獨立去看，再放大去看，他們的人生如何走來？他們都是包著尿布而來，一步一步……（一頓）好像我帶大個仔，真是眠乾睡濕，每一步看著他成長，那種心血，你話個仔死咗，放下吧！怎可以這麼涼薄？為何今日我要『攞番』六四來寫？因為我不覺得只是數字那麼簡單！」訪問在書房裡進行，書架上有個大相架，裱起了幾張沖曬了的照片，紀錄了莊梅岩兒子第一次爬行、第一次學走路、第一次背書包，歪倒的稚子筆跡寫著：「我已長大」。

對於六四受難者家屬，傳媒鏡頭捕捉的大多是悲傷、委屈，莊梅岩捕捉到的感覺卻是「孤獨」。「能夠抗爭的難屬反而有一種獨特的『幸福』，他們可以互相取暖，窮一生爭取過，可以對逝者無愧。最『白活』的狀態，就是一直守著秘密，老來才後悔，從沒抗爭過。」

她筆下的一對老人，如同活在孤島。「一對老人家，死了兒子，不能跟別人說，只有彼此，他們應該更親密，但老婆婆知道自己命不久矣。」她透露，有場戲是這樣的：家裡的日曆記下了夫婦二人看醫生的時間，婆婆知道自己會離開，擔心老伴善忘，特意找個簇新月曆，只寫上老伯伯的資料。筆者問，這樣的雙老家庭會不會太普通，失去了六四遺屬的獨特性？莊梅岩又撻著了：「就是要有咁普通得咁普通，才能令我們連繫得到，愈平凡，才愈接近我們的父母。」

·「就是咁普通　才令我們連繫到」

但如此普通而平凡的創作，因為掛上了一個特別的日期，都不為某些人所容。

莊梅岩說，今次是她主動提出要創作，也不是為配合三十周年急就章，她從 2017 年開始構思，醞釀兩年，碰巧時間啱，才成為三十周年演出。戲名《5 月 35 日》也用心良苦：「在香港你講六四，啲人會條件反射咁『哦』一聲，然後就擰轉面。改為五月三十五日，兜一個圈講嘢，反而令大家停下來思考多一點。」

香港可自由談論六四嗎？未必。2010 年「六四舞台」排練期間，多名台前幕後人員退出，因為有人企圖干預。莊梅岩說，當年導演李景昌是她信任的朋友，了解過亦相信打壓真有其事，她才發現，舞台界都會被打壓。

今次寫六四劇，莊梅岩有受打壓嗎？她笑說，找來資深舞台工作者李鎮洲做此劇導演是她的主意，其中一個原因是：「因為李鎮洲『地位崇高』，不會輕易受壓。」然後她語氣嚴肅地道，去年有人聯絡她，要求她不要做和六四相關的創作，以免影響事業發展。她說，現階段不想此事搶了演出焦點，暫時不想披露更多。

「中國內地做咁多歷史劇，係假嘅，香港有得做真嘅歷史劇，我們都唔做？我們這幾年不做，我懷疑將來還有沒有機會做。以前我天真地以為劇場影響力咁細，不值得去搞。現在覺得不是，那種滲透，那種……力量，包括年輕人覺得這事件與他們無關，已經是一種遺忘的力量。」

·「志在甚麼？志在香港仲有人講」

莊梅岩擔心，下一個十年，世人將會遺忘六四。她形容，隨著天安門母親們年邁，已有五十多名家長先後離世，較年輕的遺孀或再嫁，也有子女，當局會利用親人施壓，至於遺孤喪父時仍年幼，難屬聲音只會愈來愈小。

莊有點唏噓，反問筆者：「你覺得，三十年後，八九六四這件事會否在世上消失？」筆者思考了一會，答：「在香港社會可能會」。莊梅岩續說，今次演出即使滿座，觀眾人數也只有千餘人。「我們志在甚麼？志在香港仲有人會講，這是講和不講的分別，要保持有人講。我們要在劇場做一些和內地劇場有分別的事。當香港的影視作品和內地出品愈來愈似，舞台界仍然有分別，仍然保存緊香港自己，如果無分別就完蛋了，我也生無可戀。」

至於悼念的形式，跟隨哪個主辦單位，莊梅岩不拘泥。今次演出的劇團「六四舞台」和支聯會及教協關係友好，對她來說並不重要。莊梅岩自己不常去維園燭光晚會，因為怕擠迫，多年來只去過幾次：「有時，我們被代表那件事的人，影響了對事情本質的追求。我從來不跟派別，不跟人名做事。不是因為誰支持我就支持，誰支持我就反對。我覺得件事本質才最重要，這事件發生過，我見過，我同情。」

莊梅岩在 2017 年開始創作， 當時香港已經歷雨傘運動、旺角大衝突，民間瀰漫無力感，對政治疲憊。六四舞台在 2016、2017 到學校巡迴遇上困難，一些學校不想談六四，不想劇裡提及雨傘運動，學生對六四無感覺，又或者對其他事更有感覺，演出期間曾發生有中學生高呼「香港獨立」口號。同一時間，莊梅岩卻鑽進三十年前於遠方被槍殺的軀體之中，俯視著被政權欺壓的喪子老人的世界，恍惚聽不到香港嘈雜的批判聲音。

我坐在莊梅岩對面，質問她如何回應這種與六四割席的聲音。她思考良久，幽幽道：「以前曾經覺得這麼重要的一件事，現在很多人覺得不重要，真係咁奇怪？」語氣裡沒批評，更多無奈，像一頭無主孤魂，找不到回家的路。

談了三小時，莊梅岩蜷縮在殘舊的皮革沙發裡，思路飄回創作劇本的2018 年初。她說，從沒那麼認真，那麼提早動筆，寫劇本的兩個月，被悲傷籠罩。她把手提電腦搬到父親舊居天台，希望寫作時與天空接近一點：「好傻，覺得會有力量（指一指個天）幫我，但畀太陽曬到飛起，又退回冷氣房裡。」她自嘲一笑。

書房的地下，拆了一半的雞皮紙袋，暴露出裡面數十本剛出版的《短暫的婚姻》劇本集，據說此書還登上了暢銷書榜。可以在商業市場成功，擁有大好前途的得獎劇作家，這天像打敗了的母獅，回憶起寫這劇時的精神狀態，從未如此謙卑過。

·「那個追求的事　卑微得很」

「寫的時候，和往常不同，覺得很 humble，我要告訴自己別奢望……」此時她臉上忽然僵硬，語塞良久，眼淚湧出，「……不要覺得自己替別人去爭取甚麼，其實好軟弱的，（猛地用紙巾擤鼻涕）那個追求的事，諷刺地卑微得很，這些人死了兒子想去拜祭也不可以。所以我覺得，（寫六四劇）我都知好戇居，因為你根本扭轉不了任何事情，扭轉不了歷史，改變不了政權，甚至，改變不了現在這一代人的想法。死了的人，以及老人家，你知道要去接受有些人遇到不幸，很不公平，然後，你要佢哋食咗佢囉。」她反問著、控訴著，筆者沒答話。

眼淚止不住，她伸手抽出一張一張面紙蓋在眼睛上：「難過是，我覺得（深呼吸）我做緊的事，不是很偉大，其實是好卑微。為他們講少少事，講緊這班人只是想死忌那天去拜一拜個仔都做唔到，為何我們社會有這樣的事發生？」

遏抑的情緒像決堤：「不是講『六四』呀『抗爭』呀，只是有人死了，我們只是用常人的心態去想，用最平凡的方法代入，若我們連拜祭個仔都做不到，感受如何？……（一頓）這班人的感受重要嗎？重要呀！我們處身於同一個政權之下，我們不理，到最後這些待遇就會落到我們身上，為何我們可以不理？」語畢，她說了一句幾乎聽不到的「就係咁囉」，癱軟在沙發上。

在莊梅岩最激動的一剎那，書房門輕輕被推開，好像感應到母親發生了甚麼事，兒子躡手躡腳進來，爬上沙發，依偎在母親懷中，安靜地，像是撒嬌也像在安慰。雙眼通紅的莊梅岩輕撫兒子的臉，我們輕輕問：「知道六四是甚麼？」稚子答：「聽過，不太明白。」今天對六四懵然不知的少年，將來會記得，在一室陽光的書房裡，母親曾經為遠方的陌生人淚流滿面，在九歲那年一個初春的下午。

答：莊梅岩──舞台劇編劇家，創作題材多樣，關於無國界醫生的《留守太平間》、談大學理念的《教授》、講新聞自由的《野豬》、論愛情的《短暫的婚姻》。六四時她念小六，記得老師在班房流淚的早上。

問：譚蕙芸──新聞系老師。六四那年她初中，也記得老師的淚水。

（本文原刊於《明報》2019年3月24日）

《5 月 35 日》編劇莊梅岩：

我們堅持良知和真相

記者：馮曉彤

由編劇莊梅岩製作、志願團體「六四舞台」演出的舞台劇《5 月 35 日》去年大獲成功，原定於今年再次上演，惟受疫情影響而被迫取消。團隊發起眾籌，於短短一星期籌得超過 35 萬，表演改為在六月四日前夕於網上免費播放，並於六月四日當日 24 小時網上分享。莊梅岩說，《5 月 35 日》不是要告訴香港人「中共就係咁衰㗎啦！」，而是要悼念六四死難者，以及，無論有幾艱難，仍然堅持良知和真相。

·批學校避談六四：唔認同段歷史嘅話，攞出嚟講

莊梅岩從小就知道，父母如何遭受文革迫害，也知道政權可以有多荒謬。六四那年，她讀小六，軍隊屠城時，她記得父母哭了，就連學校老師也哭了。後來，當時的老師帶領她和同學做剪報，希望學生不止是單一地接收這件事——理解始末，不徒有悲傷。

但在莊梅岩眼中，六四確實是不具爭議的錯誤。六四事件 20 周年時，六四舞台成立了——當極權以不同手段宣傳和洗白這段歷史，六四舞台年復一年地悼念和在學校巡迴表演，堅持提起真相。莊梅岩解釋，六四舞台希望提供一個討論平台，引發學生的思考能力，而非刻意灌輸「噚！係咪呀，中國共產黨就係咁樣！」的概念。

問題是，與極權對抗並不容易。10 多年前，很多學校都歡迎六四舞台前來表演，但到了今日，更多校長見到他們時，都「黑面」了。莊梅岩為此感到生氣：「點解要咁？如果你唔認同段歷史嘅話，唔緊要，攞出嚟講——點解你唔同意，點解六四唔係咁發生……大家一齊傾囉，討論囉」。

「我哋對（六四）呢件事愈來愈無咁義憤填膺，唔係因為時間過去咗，

而係因為嗰份壓力，我哋知道如果我哋講呢樣嘢，會得失中共。」

・愈接近 2047 年・愈多人背棄良知

2010 年，六四舞台被騷擾及威嚇，其後一半演員因此退出，餘下部分演員更使用化名。莊梅岩覺得很震撼，皺著眉頭形容當時的想法：「呢度香港嚟㗎嘛！有咩唔做得？」事隔多年回首，她笑指當時自己的想法是「太天真」。

在香港，「六四」二字確實變得愈來愈敏感：六四紀念館去年被人破壞、今年六四晚會被政府以《限聚令》為由禁辦、開始有人改口說當年「無死咁多人」。莊梅岩提起時，又氣得忍不住爆粗，形容這一切「好醜陋」：「又開始見到群魔亂舞。」她當然知道，那些群魔亂舞的「魔」和她一樣，知道「中共係點」；她只是不屑，這些「柒到無倫」的人為了自保，於數十年間轉軚、變臉，最終選擇向威權低頭。

莊梅岩無奈地說，時間愈接近 2047，就愈多人背棄良知。

她口中那些背棄良知的人，包括經民聯立法會議員梁美芬。莊記得，梁美芬當年是《英文虎報》記者，曾指出學生和市民手無寸鐵，表現「有史以嚟咁和平」；如今，她成為建制派中人，凡事只懂得依附中共。莊梅岩覺得，這是意志和信念夠不夠堅定的問題，當一個人效忠的不再是真相，而是利益或政權，她已背棄了良知。

・面對同一個政權　要堅持才會見到希望

莊梅岩認為，香港現時面對的是同一個政權，如它不直視真相、不認錯，歷史一定再上演：「一定會影響到香港。咁你點可以唔為呢件事去爭取或者有所改變呢？」事隔多年，有不曾經歷六四的年輕人覺得「唔關我事」，但莊梅岩說這種想法很傻——她覺得每個人都有責任了解和悼念人類的悲痛、並盡力防止歷史重演：「例如你會關心烏克蘭革命、切爾諾貝爾事件等等，呢啲係人類嘅事，唔係一個國家嘅事」。

苦苦堅持 31 年，中共的態度仍然不變，不少港人感到灰心。莊梅岩勸勉同路人「不是見到希望才堅持，是堅持才會見到希望」。她又坦言：「我哋依家做嘅一切，喺我有生之年都未必見到個成果，我只係做我呢一刻認為係對的事，只係可以咁樣」。

·留在舞台上的人：創作唯獨不能失去自由

因為堅持，她選擇留在舞台。她覺得，這是對藝術的尊重 —— 相比電視、電影，舞台劇較少受投資者及大眾口味左右，創作上較自由。所以在很早以前，她已經放棄「觀眾量」這回事 —— 自己只可以做自己想做的事，盡力把它做好，然後希望多些人欣賞，「marketing 嘅嘢就交畀 marketing 做」。

莊梅岩直言，所有做舞台劇的人，初衷一定不是賺錢 —— 想做演員賺錢的話，早已跳入電視、電影圈了。從選擇藝術之路的第一天起，她就知道這條路很窮，因為藝術本來就不是「生財工具」；但她又說，這種心理某程度上替自己「打咗個底」：「等我哋諗少啲賺錢嘅事，將心神都放喺藝術上」。

作為編劇，莊梅岩說自己的專業是「觀察」：把不同的聲音、故事聽進耳朵，再提煉成一套劇，「同記者唔同，唔一定佢講咩我寫咩」。對她而言，舞台最大的吸引力在於「想像」—— 舞台上很多東西沒有說明，需要靠觀眾的想像力填補，才能完成整個作品、歷程。當年還是中學生的她，曾天真地以為：「編劇淨係寫對白，相比起小說，好似可以寫少啲字。」後來她愛上了當編劇，用對白建構一個世界，然後交由觀眾用想像力填補其他部分。她說，寫在紙上的是編劇的作品，擺在舞台上的是大家的作品，她喜歡與人合作。

莊梅岩認為，香港人最不願意花的是時間，但藝術就是要花心機、花時間。談到香港的藝術發展，她說得直接：「呢度最大嘅問題係自由正在縮窄。好多資源就算無，都可以創作到，唯獨有啲咩無咗就會好慘烈呢，就係自由」。

（本文原刊於《獨立媒體》2020 年 5 月 23 日）

「六四舞台」12 年來首次網上直播讀劇會

劇本創作合法

勿自設限制

記者：陳詠恩

支聯會連續 2 年遭警方禁止舉行六四遊行集會，儘管維園點點燭光無法點起，《自由花》歌聲不能再在足球場上迴響，但政權禁得了公開悼念，卻限制不了思想自由。創立了 12 年的「六四舞台」今年首次用網上讀劇會演出，拒絕在高壓政權下自我退縮。

「我們就來個光明正大的紀念，衝擊這條不正常的底線。」這句話是劇團「六四舞台」2 年前劇目《5 月 35 日》的宣傳文案，劇團核心成員兼監製列明慧說：「早兩日先有朋友問我：『你哋句 tagline 會唔會有問題呀？講到衝擊會唔會構成煽動呀？』我覺得係好難過，呢句 tagline 都讓人有呢種聯想，白色恐怖已經嚟到啦，大家都已經好習慣佢（政權）會無限上綱演繹……其實我哋做劇本創作，喺香港係合法行為嚟，我希望我哋自己唔好為自己設限制先。」

《5 月 35 日》是劇作家莊梅岩著作，故事講述一對老夫婦的兒子在天安門事件中被殺死，30 年後他們決定要到天安門廣場上拜祭兒子。該劇 2019 年首演時大獲好評，去年榮獲「第 29 屆香港舞台劇獎」最佳劇本等 5 個獎項。劇團原定去年重演，但疫潮下劇場被封，改為網上公演《5 月 35 日》（庚子版），「錯有錯著，因為唔能夠喺劇場做，我哋轉咗網上直播，將套劇帶咗去世界各地」，48 小時內總共有逾 55 萬瀏覽量。

·6 月 1 日及 3 日舉辦 2 場免費網上直播「讀劇會」

今年劇場仍未重開，劇團財政大失預算，「六四舞台過往好依靠票房生存，因為我哋冇任何政府資助，使用場地方面，都非常少可以 book 到康文署場地，都有心理準備要租貴啲嘅自資場地」。

列明慧慶幸 2019 年那次演出大受歡迎，令收入能支撐至今，但也擔心不知劇團尚可生存多久，加上儲備不足以做有齊「台、燈、聲」的大型演出，惟有變陣，改為於6月1日及3日舉辦2場網上「讀劇會」，先後演出創團劇目《在廣場上放一朵小白花》和《5月35日》，2場均為免費直播演出，並會邀請嘉賓分享。

她解釋，疫潮下好多劇團都有做讀劇會，一來準備時間較短，亦較節省成本，抽走舞台、燈光、聲效元素，演員坐定唸對白，觀眾可以更集中去留意劇本本身，而一些場景調動和人物動作則會由旁白說出。

·編劇莊梅岩曾被威脅若繼續參演會影響國內親戚

列明慧曾在2005至2015年擔當支聯會六四紀念集會的女司儀，當年她與其他支聯會義工思考除了遊行、集會「硬橋硬馬」的形式外，還可以如何紀念六四，於是在2009年創辦六四舞台，首個演出就是《在》劇，舉行多場公眾及學校演出。然而多年來劇團每次埋班都不容易，曾有演員被威脅演出會影響事業，2019年時編劇莊梅岩亦曾被人威脅若繼續參與六四演出，國內的親戚便會受影響。

列明慧說，今年所面對的壓力比以往都大，但在高壓政權下他們未有因此退縮，因為六四比以往都接近，例如中共領導層稱六四是外國勢力及西方思潮導致，而反修例運動亦被扭曲為受外國勢力煽動的暴動；又正如天安門母親 30 年來無法拜祭已死子女，現在即使有人因反修例運動而離世都不能明言，連放一束花悼念也被禁止。「其實呢啲歷史事件，同我哋可以好近，我哋去面對歷史事件嘅反應，同 30 年前嘅人好相似，例如我哋選擇忘記、放低，定無論如何都要記低呢件事，將真相講返出嚟？」

· 《在廣場放一朵小白花》網上讀劇會

日期：6 月 1 日（星期二）晚上 8 時

六四舞台 × Stand News 立場新聞｜同步 Facebook Live

· 《5 月 35 日》網上讀劇會

日期：6 月 3 日（星期四）晚上 8 時

六四舞台 × Stand News 立場新聞｜同步 Facebook Live

註：2 場後均設演後座談會

（本文原刊於《蘋果日報》 2021 年 6 月 2 日）

消失的六四記憶　「六四舞台」列明慧：

透過舞台劇說

香港的故事

記者：陳子非

香港在《國安法》生效後，香港人享有的各種自由逐漸消失，包括悼念六四事件的自由。曾擔任六四燭光晚會司儀多年的列明慧，接受本台專訪，她感慨晚會的消失，象徵舊香港已不復返，她創辦的劇團「六四舞台」，也沒有辦法再在香港演出。她又說，曾協助「六四舞台」演出的前支聯會副主席鄒幸彤被捕，反映法律已變成打壓異見的工具。她認為，六四事件與香港的命運緊緊相連，當局會用處理六四的方法，把 2019 年在香港發生的事「污名化」，香港人有責任不要讓謊言掩蓋真相，希望能繼續透過舞台劇說香港的故事，把香港人的堅持，告訴全世界。

過去30年的六四，香港維園都舉辦燭光晚會，悼念1989年六四事件的死難者，前支聯會義工列明慧在其中10年，擔任燭光晚會的司儀，帶領參與晚會的香港市民，呼叫口號和燃起燭光。

・列明慧：容不下燭光和悼念 顯示自由香港已一去不復返

列明慧接受本台專訪，回顧她悼念六四相關的經歷。她感慨香港在過去幾年，改變和失去太多，支聯會和燭光晚會的消失，代表自由的香港已一去不復返。

列明慧說：「2019年原來是香港最後一個燭光集會，我感受很深，香港容不下燭光和悼念的人，讓人很傷感。香港人只是用海量的燭光作出控訴，表達依然記得六四事件，在很多人眼中，這種如同行禮如儀和沒有實際作用的儀式，都不能在香港再發生，顯示香港已無辦法回到以前自由的香港。」

列明慧形容，2019年是她創立的「六四舞台」劇團，最後一年可以在沒有恐懼下，公演以六四為主題的舞台劇。

·列明慧憶述鄒幸彤經歷 悲嘆香港法律已變成打壓工具

她表示，以六四難屬為主題的舞台劇《5 月 35 日》，在 2020 年香港《國安法》生效之前，最後一次在香港演出，但受疫情影響，沒辦法找到場地，只能借私人地方表演，透過互聯網作全球直播，當時有 56 萬人觀看。列明慧感謝身為大律師的前支聯會副主席鄒幸彤，當天晚上在現場守候，讓他們安心，才能順利完成演出。提及鄒幸彤時，列明慧很悲傷，她認為鄒幸彤的經歷，反映法律在香港已成為政權打壓的工具。

列明慧說：「演出當晚我們是擔心有警察上門，做不成全球直播，當時我是找了阿彤（鄒幸彤），她當晚是以義務法律顧問的身份，在場與我們一起，直到表演完成。但是因為支聯會的事，阿彤被拘捕，想起她，我會有一點情緒波動，那種感覺很諷刺，我們以為用法律可以保護自己，但其實法律現在是一種工具，去虐待和殘害人。」

她表示，「六四舞台」在 2009 年六四 20 周年創立，10 多年來，創作了 7 部舞台劇，曾在香港公開演出，也有在不同的學校巡迴表演。但她表示，在香港《國安法》生效後，相信「六四舞台」的創作，沒辦法再在香港表演，也顯示香港的創作自由，在滿布「紅線」的環境下，逐漸消失。

列明慧說：「隨著 2020 年《國安法》之後，我覺得香港創作自由的空間已收窄很多，在業界當中瀰漫恐懼，你不知道紅線在哪，因為以前只是紅線，現在是紅海，到處都是紅線，做同一件事以前是合法，但我不知道日後會否變成不合法，如同支聯會一樣，你無法估計相同情況會否在戲劇界發生，在劇場創作當中是瀰漫著恐懼。」

．列明慧盼繼續用舞台劇說香港與六四故事 勿讓謊言掩蓋真相

2021 年，支聯會和教協等香港公民社會重要的團體被迫解散，列明慧覺得，香港已是不能逗留的地方，她帶著「六四舞台」的創作一同離開香港。列明慧表示，因為太多的朋友被拘捕、判刑，劇團解散，她經歷幾個月的意志消沉，但多年來籌辦六四紀念活動的經歷，在臨近 6 月的時間，喚醒她的意志。她希望，繼續透過舞台劇，紀錄歷史，不只是說六四的故事，也要說香港的故事，因為香港的命運與六四是緊緊相連，香港人有責任，不要讓謊言掩蓋真相。

列明慧說：「你看到六四不能叫六四，要變成 5 月 35 日，就是代表六四的不存在，大家都要有心理準備，2019 年在香港發生的事，都會用同樣的手

法處理，會『污名化』，他們會說另一套的故事，完全埋沒了真相。這是我良知的呼喚，我們曾經見證歷史，有責任把真相說清楚。」

人生如戲，列明慧說，《5 月 35 日》是她在「六四舞台」中，最喜歡的作品，她借用《5 月 35 日》的一句獨白，鼓勵香港人。

列明慧說：「有一句獨白很觸動我，主角小林在臨終前說：我的兒子曾爭取，即使沒有成功，但他曾經爭取。每一次聽這句獨白都好觸動我的心，我們似乎多年來沒有成功爭取了甚麼，尤其看到香港現在的狀況，是極大的倒退，但我們曾經努力過、爭取過，縱使沒有成功，但我們曾經也有爭取過。」

（本文原刊於《自由亞洲電台》2022 年 6 月 1 日）

MAY

35th

第二章 —— 三語劇本・向世界吶喊

《5月35日》

（粵語劇本）

編劇：莊梅岩

——第一場——

時間：現在

地點：首都民居

人物：阿大、小林

△ 首都民居，布置簡約，累積的藥物佔了一角，除此以外雜物不多，沒有神像沒有照片，這是一個無信仰無寄託的家庭，只有一扇緊栓著的房間門。

△ 幕起，燈亮，大門開啟的聲音，小林先走進來，觀眾聽得見門外的人在吵罵。

阿大：（畫外音）……你試吓再揗*過嚟吖，我一定掉咗佢，挑喇媽，唔出聲你真係當我盲㗎嗎！

△ 小林十分平靜，逕自走向藥物角把新藥放過去，順道看看掛曆。

＊音「騰」tang4。

阿大：（畫外音）……話咗你幾次？你話吖！一人一邊，你係都要逼過嚟，依家做咩呀，係咪我唔出聲你就會借啲意霸多啲？畀埋間屋你好冇？畀埋條命你好冇？

△ 小林唸唸有詞地數算著。

阿大：（畫外音）你老味你都唔怕冇面我就拉條繩喺度——睇唔睇到條繩呀，你試吓過界我腳都毆跛你！

△ 很大力的關門聲，阿大隨之而來。

阿大：不知所謂！

△ 二人對看，稍頓。

△ 小林想起了甚麼就去拿，阿大已不能阻礙她做任何事。

阿大：佢將個新鞋櫃揗咗過嚟，每日半吋，以為我唔知，其實我日日都度住！上次擺兩棵辣椒過嚟，話我哋呢邊曬得正啲，又話種好留啲辣椒畀我，最後冇留呀，留兩棵光脫脫嘅盆栽畀我，後尾仲生蟲——（向鄰里）我唔應該幫佢掉去垃圾站！我應該攞去佢屋企兜頭倒啲泥落佢度！你話吖，邊有咁自私嘅人㗎？！

小林：幾廿歲人唔好為啲小事嘈喇，睇住你啲血壓呀。

阿大：呢啲就係所謂嘅人民質素，你驚唔驚？窮人惡，富者不仁，虛偽嗰啲呢，多數係文化人。隔離嗰個就係人辦，仲話喺重點中學教書喎，啲學生喺佢身上冇嘢學到淨係學到講一套、做一套！

小林：啲辣椒未食落肚都辣得著你。

阿大：你覺得我真係為嗰幾隻辣椒？人哋一粒沙看世界，我係一隻辣椒看國情！佢無端端種咩辣椒？因為嗰排報道話啲辣椒有毒。市面有幾多假嘢毒嘢，我哋邊個唔係自求多福？但係先前豬瘟我哋都讓咗啲鄉下豬肉畀佢，依家佢種咗啲無毒辣椒就唔分畀我哋，世態炎涼！個個淨係識顧自己！唔念我哋兩個老人家孤苦無依，都念吓我哋畀個地方佢種辣椒吖！

小林：可能人哋知你舊年腸癌切咗，知你唔應該再食刺激性食物呢？

阿大：你專同我唱反調！我講緊人民質素下降呀！我講緊呢個世代，大愛全部得把口，公義都係自己蝕底先攞出嚟講呀！再咁落去我哋個國家似咩樣吖你話？以後點吖？

小林：唔到我哋理啦，又唔係仲有好長命。

△ 靜默，阿大觀察了一會。

阿大：做乜騰嚟騰去呀？你休息吓啦。

小林：我睇吓你用剩幾個袋。

阿大：仲有成盒，十零個㗎。

小林：十零個咋……唔係喇，我幫你訂多幾盒。

阿大：訂咁多做乜嘢，屎眼得一個。

小林：我諗住訂多幾盒，幫你剪定啲袋，你對眼細呀，睇唔清，次次都剪得太大，一定要剪到啱啱好㗎，啲屎罨住皮膚會爛㗎。

△ 小林抽起他的衣服露出腰間的袋子。

小林：呢個又用咗幾日？成日唔換啲皮膚都會爛。

阿大：由佢爛啦，死到仲好。

小林：唔好咁，醫生話你個病打理得好存活率高㗎……我幫你剪多幾盒，至少用到我走。唔係為你㗎，我自己想走得安樂咋。（一邊數袋子）呢度 15 個，你三日換一個，即係有個半月，醫生話我仲有三個月，即係至少要買多 15 個，拖拖拉拉搞埋白事，四盒穩陣喇。

阿大：四盒……

小林：唔夠呀？

阿大：做咩當正自己真係就快死咁嘢？我當佢吹水 —— 可能個醫生搞錯咗 —— 可能佢想呃我啲錢。

小林：你唔信個醫生都信吓啲片啦，照咗幾十張，橫切直切乜都驗過，個腦係我嘅，個瘤係我嘅，認命啦。

阿大：認咩命啫，明明係我病先嘅！

小林：病無前後達者為先。

阿大：個醫生唔掂咋，佢話冇得救唔代表其他人救唔嚟 —— 小林，我哋去試吓氣功療法，我上網見過 ——

小林：唔好搞喇，冇得搞㗎喇，留返啲錢畀你、留返啲尊嚴畀我，留返啲時間做正經嘢好過啦。

△ 小林繼續在屋內走動。

小林：嗱，櫃頂有兩份保險，供咗好多年㗎喇，晢晢走咗之後我買嘅，我走咗之後保險金加埋啲積蓄夠你食過世㗎，所以你以後唔好再揸長途車喇，必要時按埋層樓，唔係留返畀邊個啫？張屋契我放咗喺床下底，仲有幾件金器，係我嫁畀你嗰陣啲親戚送嘅，好細㗎咋，雖然唔值啲咩錢，都好過薑喺度畀人執咗吖 —— 呀，講個秘密畀你知，我成日驚自己唔記得去提款，所以將啲銀紙塞喺唔同嘅角落，你想我一次過講晒啲地點你知吖，定係自己慢慢尋寶？

阿大：點解你可以咁冷靜㗎？

小林：有乜咁值得激動啫，兩夫妻，一把年紀，唔係你行先就我行先啦。

阿大：都冇理由一返到嚟就幫我買屎袋同塞錢畀我使。

小林：放心，搞完你嗰啲我就搞我嗰啲……嗱，一陣呢我就會將啲電話抄晒落一張紙度，嗰啲買袋、整車、上網、手機嗰啲急救熱線，仲有你嗰幾個冇乜來往嘅親戚，呢啲電話你手機係有，但係你知啦，你成日畀啲智能電話玩返轉頭，我唔喺度冇人幫你㗎喇，我白紙黑字咁抄低就冇死喇。張月曆我都會換過，上面又你嘅嘢又我嘅嘢啲覆診期寫到撈晒攪，我同你抄過張淨係得你自己嘅——

△ 阿大拉著小林坐下。

阿大：小林你坐低、你坐低……我好驚呀我未接受到呀，你明明腳痺之嘛，點會、點會搞到咁嚴重啫——

小林：阿大——

阿大：唔係哩，頭先醫生講嘢我唔係好明，唔係，佢講嘢嗰陣我有啲耳鳴，我其實聽得唔係好真，不如我哋再搵——

小林：阿大，你聽到嘅，醫生話我有腦癌，已經擴散，得返三個月。

△ 長停頓。

小林：整定嘅，我平時壯到成隻牛咁，好日都唔病，舊年保險送個身體檢查我就諗，入

坚持

去檢查吓都好喎橫掂唔使錢，點知你突然趺*低，搞吓搞吓我都唔記得咗，如果早啲照到會唔會有救呢？真係講唔埋，定係畀佢折磨完一輪都要死呢？咁諗又覺得遲有遲好。係難為你囉……我冇你送，第時到你去，就冇人送你。

△ 稍頓。

小林：如果哲哲仲喺度你話幾好呢。

△ 稍頓。

阿大：小林，我哋唔好坐喺度，你唔醫病我唔迫你，我哋攞晒啲錢出嚟，我哋去環遊世界，你成世人都冇歎過，上次話想試個海鮮蒸氣鍋我仲話你嘥錢，去，你想食幾次都得！必要時學你話齋，按埋層樓出去，你走咗我住邊度都一樣。

小林：我邊度都唔想去呀阿大，我淨係想留喺屋企，最好連醫院都唔使去。

阿大：你唔想出去見識吓咩？我哋好似啲後生仔女咁自由行！唔搭飛機嘅話我揸車，我哋去流浪！

小林：傻嘅咩，行唔郁啦——

阿大：一係返鄉下探阿妹啦？仲有你啲小學同學，你之前話想帶我上你細個住過嘅寨頂……

小林：呢啲嘢唔重要㗎喇……

阿大：咁邊啲嘢重要？你話畀我知吖——

△ 小林不想纏了。

阿大：你話畀我知你想做啲咩？我可以幫你做啲咩？你唔好一味執嘢啦——你唔好抄嗰啲死人電話呀我話你知！我轉頭就㩒咗個電話！我以後都唔打電話——我唔講嘢添呀！幾廿年夫妻，你好似冇嘢咁……

△ 阿大突然像孩子一樣哭起來。

阿大：要掉低我一個人，你好似冇嘢咁……

小林：阿大，喊咗一世，我唔會再流眼淚㗎喇。生老病死，自然不過嘅事。要喊就為哲哲喊。

你成世人衣食住行，冇一樣唔係我打點，我對你真係鞠躬盡瘁，但係對個仔……

你問我想做咩，我同你講，我想打開嗰間房門，唔係隔日入去打掃嗰種打開，唔

＊音「耒」leoi1。

係生忌死忌坐入去冥想嗰種打開，係開箱倒籠、掏心掏肺嗰種打開，我想攞返哲哲啲嘢出嚟，我想將佢由細到大嘅嘢重新睇一次：佢啲衫仔、佢啲學生相、同學寫畀佢嘅紀念冊、佢嗰晚攝喺我哋房門封信……所有同佢有關嘅嘢，我都想睇多最後一次。

然後我想去廣場，冇錯，你最驚我做嘅事。我要去廣場，去我哲哲畀人打死嘅地方，好好咁喊一場。

△ 燈漸暗。

── 第二場 ──

時間：現在

地點：首都民居

人物：阿大、小林、年輕人

△ 先前的房門微啟，裡面傳來抽屜開開合合的聲音，阿大拿著暖水壺經過幾次，不時窺探裡面情況，就是沒有進去。

△ 阿大在思索該把暖壺放在哪裡的同時，房內傳來巨響。

阿大：咩事咩事 ──

△ 小林幾乎同時步出，手上捧著個箱子。

小林：冇嘢我撞跌咗個大提琴啫……

阿大：等我嚟等我嚟……

△ 阿大接過重物放在客廳，見小林回頭看了一下。

阿大：個琴冇嘢吖嘛？

小林：好在張床晾一晾，直接躂落地就傷咯。

阿大：一早叫你送畀人啦，係要留喺度阻碇。

小林：你識咩吖，部琴係哲哲條命根嚟㗎，點可以話掉就掉……哲哲走咗之後我原本想去學拉，好似嗰齣人鬼電影咁，兩母子拉住部琴重逢，諗起都浪漫……

△ 阿大傻笑。

小林：笑咩呀你？

阿大：你咁矮坐低部琴已經遮晒塊面啦，仲拉乜鬼！

小林：今日會有人嚟托走佢。

阿大：係真唔係呀，咁殘都有人要？

小林：咩殘呀，我周不時用油省靚佢㗎，何況嗰陣我哋用咗兩個月工資買，貴嘢嚟㗎。

阿大：我記得，嗰陣我哋仲住響舊屋，又細又逼，本來想哲哲揀件細細地又唔太嘈嘅樂器。

小林：但係哲哲第一次聽到大提琴嘅琴聲就入晒迷，啲音樂老師都係咁講，唔係佢揀樂器，係件樂器揀佢……

△ 稍頓。

阿大：呢箱呢？

小林：錄音帶，連埋部琴一齊送出去。

阿大：琴就話唔識拉啫，啲錄音帶我哋間唔中都聽㗎。

小林：我唔喺度你會攞出嚟聽咩？無謂㗎啦！

阿大：……

小林：……不過要抹吓，聽開嗰幾餅就冇乜嘢，其他嗰啲封晒塵……

阿大：你成朝執呢執路……飲啖嘢先啦……

△ 小林一邊拭抹一邊重溫這些舊帶。

小林：……我唔頸渴呀……

阿大：唔頸渴都要飲㗎……呷一啖啦……

小林：……呢幾餅應該係以前住喺隔離個音樂教授畀㗎，佢特別錫哲哲㗎，特登錄嚟送畀佢㗎……

△ 小林接過暖壺，突然停住。

小林：咩嚟㗎？

阿大：茶囉。飲啦——

△ 阿大把暖壺壓向小林嘴邊。

小林：你又嚟？上次已經痾到我七彩。

阿大：醫師話痾得出係有得醫嘅反應嚟㗎，你又唔飲多幾劑⋯⋯我冇再去喇，呢啲唔係藥嚟㗎。

小林：我唔信。你講咗係咩先吖。

阿大：幾廿年夫妻我會害你咩？叫得你飲梗係好嘢⋯⋯

小林：我唔怕你害我我怕你畀人呃，今次又使咗幾錢？

阿大：你都黐線，我會畀人呃？我咁嘅樣有人敢呃我？

小林：講！咩嚟嘅？

阿大：符水。

小林：你係咪傻㗎！

阿大：有乜所謂唧？咩都試吓囉！

小林：藥我仲可以開放一啲，但係你唔好同我嚟神鬼嗰一套。我哋一早已經唔信㗎啦，哲哲死咗、咁多人死咗，如果有神明有天理嘅，點會容許呢啲事發生？

阿大：唔飲咪唔飲囉，使乜講咁多⋯⋯

小林：我話你知，因果報應嗰套我都唔信，你呀，你呢世人做過啲咩壞事呀？我又做過咩壞事呀？點解病嗰個要係我哋呀？點解唔係嗰啲喪盡天良嘅人呀？嗰啲貪官污吏、嗰啲黑心商人，嗰啲淨係識欺壓百姓、殘害忠良嘅城管片警都應該死，仲有

舊

你細佬嗰種——

阿大：好喇你，係咪連我細佬都咒呀？

小林：唔講喇，淨係識喺度影響我情緒、阻住我抹嘢——

△ 傳來敲門聲。

小林：係咪呢係咪呢！人哋到喇！

△ 阿大表示他會去開門，小林趕緊從箱裡抽出幾盒錄音帶，利落地抹了幾下。

△ 開門聲，打招呼聲，阿大帶陌生年輕人上。

小林：你就係「等一個人咖啡」呀？

年輕人：你係「廣場大媽」？（笑）頭先開門嚇死我，我仲以為伯伯係。

阿大：你哋講咩呀？

小林：網名，我哋喺網上識㗎嘛。埋嚟坐低先，阿大你去搬部琴出嚟……

年輕人：我去搬吖！

小林：唔使唔使，唔好睇佢老人家，好好力水，你埋嚟坐吖。

年輕人：咁勞煩晒。

△ 阿大進房取大提琴。

小林：我仲有一箱帶，原先想抹埋先畀你，畀個老嘢阻住晒！

年輕人：……嗱錄音帶？真係好耐冇見過——咦，羅斯托波維奇*？呢隻特輯 CD 都絕咗版喇。

小林：果然係行家，我啲寶物冇畀錯人——我送埋部錄音機畀你，依家怕且淨係古董店有得賣。

年輕人：多謝多謝……其實我想講清楚，雖然我係拉大提琴嘅，但係把琴唔係我自己要㗎，係我個學生——

小林：我知我知，你留言講咗啦，你學生把琴壞咗又冇錢買新吖嘛，我就係因為你有心先揀你。仲讀緊書呀？

年輕人：最後一年。

小林：半工讀……

△ 年輕人笑著點點頭。

* Mstislav Rostropovich，俄羅斯大提琴演奏家、指揮家。

小林：依家生活指數咁高都真係唔容易，教琴賺啲外快都好嘅……

△ 阿大把大提琴抬出。

小林：攞響度先，佢未走得。

阿大：未走得？

年輕人：我知，琴可以免費攞走，條件係要留低 15 分鐘，婆婆你咁好人，其實你想傾耐啲都冇問題㗎。

阿大：你哋援交呀？

小林：你亂噏啲咩呀？（向年輕人）唔使理佢。照貼文所講嘅條件，我淨係需要傾 15 分鐘。

阿大：你有啲咩係唔可以同我傾要同佢傾㗎？

年輕人：我明㗎，你想將啲嘢送畀有需要嘅人，但係網上好多人會利用呢種善心，將人哋捐出嚟嘅嘢攞返出去變賣圖利，所以你問清楚係啱嘅，呢張係我音專嘅學生證，我仲攞咗我學生嘅資料——

小林：唔係，我唔係想傾呢啲嘢，我係想你認識吓呢部琴嘅物主。

△ 稍頓。

年輕人：哦。

小林：你都知道，部大提琴係我個仔嘅遺物。

年輕人：我知，我學生都知，佢唔介意，佢只係需要有部用得嘅琴，事實上我哋呢行好嘅琴都係代代相傳——

小林：年輕人，我要同你講吓呢部琴嘅物主，我要你知道，哲哲係一個咩人，同埋佢係點死嘅。

阿大：小林⋯⋯

△ 哲哲的琴音再度低奏，燈光轉變。

小林：我哲哲係一九七〇年嘅夏天出世，屬狗，佢哋話屬狗嘅人忠厚、俠義，我哲哲就係咁。紀念冊上面啲先生同學都話佢：光明磊落、熱情爽朗、體育藝術皆出眾，做阿媽嘅梗同意，我哲哲就係咁囉⋯⋯

△ 阿大慢慢蹲下，把暖壺裡的水倒進家裡盆栽。

小林：呢個仔細個好多病痛，周歲冇耐就肝炎，後來出水痘又出得唔順，病咗好耐病到皮黃骨瘦，嗰陣我好驚佢養唔大⋯⋯可能病得多佢特別勇敢，細個打針食藥都唔喊，個個姑娘都讚，話未見過啲咁乖嘅細路⋯⋯你知唔知人真係有天性㗎，你睇佢眼珠就知，我哲哲自細就特別懂事，喺公園見到人喊，其他細路都顧住玩，只有我哲哲會過去幫佢。我老公揸完長途車返嚟，我叫佢盡量安靜唔好嘈住爸爸瞓覺，佢夾親手指都忍住唔喊，跑入廚房先向我流眼淚……

△ 阿大把大提琴交給年輕人，自己則捧著箱子，尾隨他離開。

小林：上天對我哋真係不薄㗎你諗吓，伯爺公同我都冇乜點讀過書，但係我哋個仔，天生鍾意睇書，求知慾又強……佢喺邊度走出嚟呢？有時我會忍唔住諗。尤其佢拉琴個樣，係咪醫院執錯咗呢？我同老公講，萬一哲哲將來成名我哋去聽佢演奏，人哋會唔會奇怪呢？阿爸阿媽農民咁款，點培養到個咁有氣質嘅音樂家出嚟呢？但係佢有日同我講，媽媽，我唔想讀音樂喇，而家國家最需要嘅唔係藝術，而係改革。佢話佢愛音樂，但係佢更愛自己嘅國家，就好似俄羅斯嘅大提琴家羅斯托波維奇，佢本身都係一個民主鬥士……我唔懂音樂，亦唔熟悉民主，但係作為一個母親，我見到自己個仔嘅熱情，就好似佢第一日抱住提琴個樣，我知道佢係全心全意咁投入運動，佢係全心全意咁相信，即使國家唔會一夜之間改變，但係都會以善意嚟回應佢哋對自由同民主嘅訴求……

△ 燈漸暗。

——第三場——

時間：現在

地點：首都民居

人物：阿大、小林、青年二

△ 燈亮，另一個年輕人坐在客廳，附近有一些綑縛好的書本，阿大站在一旁。

△ 他們似乎在等小林，年輕人顯得有點不耐煩。

青年二：你使唔使去睇吓？佢入咗去好耐啦喎⋯⋯

阿大：老人家動作慢，佢又唔鍾意人幫⋯⋯

青年二：我係話，過晒鐘喇，我差唔多要走喇。

阿大：幫幫忙，留多一陣吖！

青年二：其實我豪咗畀你㗎喇阿伯！⋯⋯講好三百五運走啲書同埋聽佢講 15 分鐘，依家超晒時⋯⋯

阿大：老人家，體諒吓吖。

△ 又等了一會。

青年二：其實冇人要實體書㗎依家，有咩網上睇唔到吖？

阿大：我知，所以擺上網幾日都無人要，但係啲書對佢有特別意義……我想了咗伯爺婆心願。

青年二：咁點解要傾偈呢？仲指明要大學生？

阿大：你當佢對得我耐，想搵啲新鮮感啦 —— 總之你聽就得㗎喇，一陣聽到啲咩都唔需要畀太大反應。

△ 阿大起來看看廁所方向。

青年二：其實阿婆想同人講佢個仔咋？用視頻咪得囉，免費嘅，仲可以一次過講晒畀全宇宙聽，分分鐘網紅仲有錢搵……

阿大：……

青年二：真㗎，網上大把人咁做，失戀呀、失婚呀、冇咗份工或者好似你哋咁冇咗屋企人呀，咪開個視頻抒發吓感受囉，啲網民又會即時回應，好 high 㗎。

阿大：我哲哲嘅死唔可以四圍講㗎，四圍講會有麻煩㗎。

青年二：咁神秘？咩事呀？

阿大：……我留返畀伯爺婆親自同你講。

△ 青年二開始無聊地在屋內走動，他發現地圖、一些路線圖及標記。

青年二：你哋 plan 緊去旅行呀？畫晒路線圖咁喎 —— 天安門？你哋冇去過咩？咁近都冇去過？

阿大：嗯，鄉下有親戚嚟，想去參觀吓呀……

△ 說罷隨便拿甚麼遮住那些資料，但已引起青年的興趣。

青年二：喂但係你哋啲資料唔 update 喎，你睇，呢幢嘢拆咗喇喎 —— 仲有呢條路依家封咗㗎喇 —— 錯晒嘅！呢張咩地圖嚟㗎……

阿大：參考啫、參考啫 ——

青年二：1989 年？冇嘢嘛？用張卅年前嘅地圖？點解唔用網上地圖呀！

阿大：……伯爺婆、伯爺婆你得未呀？

青年二：咦咪住 —— 點解 mark 保安站呀？「閉路電視」同「便衣巡邏」範圍？

阿大：你攞返嚟啦 ——

△ 二人爭持了一會，對看。

青年二：阿伯，你哋想打劫呀？

小林：我哋唔係去打劫。

△ 小林上，由於半邊身痲痺嚴重了，開始用拐杖。

阿大：小林你唔使同佢講——喂細路，你快啲攞埋啲書走啦。

小林：唔怕，佢可以知，呢個年代仲有興趣讀《河殤》同《紀實》，我覺得佢會明嘅。

阿大：唔係哩——

青年二：明！點解唔明？呢個世界咁多官商鄉黑、貧富懸殊，我最贊成以暴易暴、劫富濟貧㗎喇！

小林：果然係同道中人！

青年二：但係天安門守衛好森嚴喎！你哋最終目標喺邊？有冇熟人搭通天地線？

小林：有，就係最近廣場呢間醫院，裡面有一個相熟醫生，行動之前嗰晚我會扮病發住入院！

青年二：天才！咁都畀你諗到！

小林：然後我準備買通個清潔工，半夜佢推車由後門入嘅時候我就帶埋啲架生匿入去個垃圾籮裡面。

青年二：天衣無縫！

小林：你唔好睇我年紀大，要反叛起嚟我都可以好盡㗎！

青年二：一睇就知你唔簡單啦，嗱，見你哋咁大年紀都咁搏，為表支持，等我為你哋嘅行動提供科技支援啦，但係成功要分三成。

小林：三成？

青年二：唔多㗎喇！依家做乜都要科技，通常呢個崗位都分最大份，見係你哋，我敬老！

小林：……點解我唔明佢講咩嘅？

阿大：佢根本喺度亂噏！走走走！

△ 阿大抽起書就要趕青年二。

青年二：喂喂喂！做咩呀？想打發我呀？冇咁易㗎，我依家乜都知道，你唔分返份我就報公安！

小林：報公安？你要脅我哋？

青年二：講到明就譖啦！

小林：乜佢唔係想幫我哋㗎咩？

△ 梢頓。

小林：攞返嚟！你呢啲咁嘅人冇資格掂我哲哲啲嘢！

青年二：啲書可以畀返你，但係打劫嘅事我冇可能當唔知！

小林：我再講一次，我哋唔係要去打劫。

青年二：偷晒啲保安更表、畫晒逃走路線你仲話唔係打劫？

小林：我哋唔係去打劫，我哋係去拜祭。

青年二：你呃我呀？嗰頭都冇墓碑嘅！

小林：有，你見唔到啫，嗰度有好多墓碑，我個仔三十年前就係死喺嗰度。

△ 靜默，青年再看清楚那些資料。

青年二：……噢噢，唔得㗎，唔可以提㗎。

△ 青年二用各種手勢暗示「六四」，就是不說出來。

小林：你知六四？對上嗰兩個後生仔都唔知——

青年二：唔提得㗎，呢啲嘢唔係講玩㗎！

小林：嗰時你應該未出世㗎，你點知㗎？你知啲咩呀？

青年二：都係嗰啲啦，軍隊衝入城，死咗好多人。

小林：……

青年二：老一輩好多人都親眼見過，尤其住喺附近啲老街坊，身邊總有一兩個識嘅人牽涉在內，唔係畀公安拉咗、就係逃亡，畀單位處分、死咗嘅都有，大家唔講之嘛——

小林：唔講得㗎，即使係至親都講唔到，驚有牽連、驚秋後算帳呀！

青年二：咪就係，聽講政府就係因為呢件事將維穩工作放喺國家首要發展項目——冇之一。（看著小林）所以你仲話去廣場拜個仔？唔使諗。

阿大：冇人問你意見！

青年二：咁係吖嘛，你知唔知有幾多天眼睇住個場呀？你想喺嗰度做乜呀？燒衣呀？未撻火機已經有幾廿人撲出嚟喇！

小林：佢同你講嘅嘢咁似嘅？係咪你叫佢嚟阻止我㗎？

阿大：梗係唔係啦！

青年二：呢三百五蚊我畀返你 —— 放心，我唔會去報寸，我都唔想同你哋有咩拏掕*。

小林：……真係你畀錢佢嚟勸我嘅……

阿大：我冇呀我真係冇呀！

小林：……嗰個係你個仔嚟㗎，死咗卅年都冇人理，我不過係想為佢點盞燈帶佢返屋企啫……

阿大：我係想勸你唔好咁做，但係我冇畀錢 —— 哎！

青年二：阿毛，我係你就算 Q 數，卅年前嗰個係「反革命暴亂」，國家有責任平亂，死咗都真係與人無尤。

小林：「反革命暴亂」？你聽到嘅六四係點㗎？

青年二：咪話有班學生唔想返學，就佔領咗廣場幾個月，後尾變晒暴徒，打家劫舍咩都

＊音「啦嚨」naa[1] lang[3]。

做齊，軍隊咪入去控制大局囉……

小林：暴徒會感動咁多市民支持㗎咩？暴徒會令數十萬計嘅外地學生千里迢迢咁坐火車入城支援？你知唔知世界各地有幾多人可以做證？你有冇翻牆去睇唔同嘅報道？……當年啲學生不過喺廣場靜坐同唱歌，軍隊為咗清場開槍殺平民，仲要屈佢哋打家劫舍，我諗只有最無恥嘅政權先敢講呢種大話、最愚蠢嘅人民先會信呢種大話……（小林向阿大）然後你粒聲都唔出，你由呢種大話繼續講。你由人哋話我哋唔識教仔！由哲哲畀人話係暴徒！

青年二：唏唏唏唔好激動……

小林：去到醫院你唔出聲、去到公安局你唔出聲、去到墳場你唔出聲、到依家你都唔出聲！你唔係好敢言咩你為隻辣椒都咁公義，個仔死得不明不白你就咁鵪鶉？我唔會原諒你㗎阿大！我永遠都唔會原諒你！為咗你個死人細佬、為咗佢份死人工，你唔畀我為個仔平反！你唔畀我去告政府！

青年二：黐線㗎告政府，咁易咩——

△ 阿大死命盯著青年。

青年二：喂阿伯我幫你咋喎……佢同你講緊嘢呀你睥住我做乜呀……

小林：依家你細佬平亂有功、升官發財喇，你楊家出到個幹部、光宗耀祖喇！我哋呢？我哋苟活咗一世！連光明正大咁拜個仔都唔得——哲哲仲要畀人話係暴徒！

△ 青年見勢色不對，準備離開。

△ 阿大突然把青年壓在椅上，從旁邊取麻繩用力把他綑在椅子。

青年二：喂你想做乜呀？

阿大：話我鵪鶉？我依家就做啲大事你睇！

青年二：唔好呀唔關我事㗎——

阿大：橫掂你就嚟死！橫掂我都就嚟死！

青年二：救命呀！殺人呀——

△阿大一拳打呆青年，小林也呆住了。

△良久。

阿大：伯爺婆講得啱，我苟活咗一世。

幾個大時代，我都生存到落嚟，冇做過一件傷天害理嘅事，但係亦冇衝出去講過一句公道嘅說話，就係咁，由細到大我都特別大隻，但係由細到大我都特別唔起眼。

學運初期我有去廣場，冇工開，我將架出租車停埋一邊睇熱鬧。廣場上面其實唔止學生，仲有好多工人、街坊、記者、義工……佢哋男女老幼，圍成不同圓圈議

論國事，講真我唔明，有乜好傾呢？要傾到日以繼夜。佢哋唔係以為咁傾吓就可以改變上面嘛？我從來未見過赤誠可以打動權貴……返到屋企聽哲哲講我先知，原來唔單止大學生，好多高中生都好熱切。哲哲有幾個同學就成日上廣場，幫手做糾察幫手維持秩序，我同哲哲講，冷靜啲、睇定啲……哲哲引經據典咁同我講咗好多嘢，係咩呢？我真係唔記得，記得我都講唔返，我淨係隱約有啲擔心，佢已經唔係一個細路……後來有人同我講，原來哲哲都曾經喺廣場以高中生代表發言，我覺得好搞笑，可能曾經有一刻，喺同一個廣場上，有個老豆好努力咁旁觀，個仔就企喺風高浪急嘅講台上鏗鏘發言，卅年嚟我成日諗起呢一幕……

到咗嗰晚，啲人傳軍隊會開槍，傳得好犀利，有人信，但係我信，哲哲應承留喺屋企，小林睇住佢，我想揸車出去睇吓，唔係想兜生意，而係有種不安。但係好多路都封咗，我兜嚟兜去都駛唔近廣場，心諗算喇唔好嘥油。返到屋企已經淩晨，見幾個人癲咗咁揼住小林，原來哲哲留低一封信爬窗走咗……我拿拿臨叫啲街坊睇住小林自己再揸車出去搵，今次出到去已經開始見到有人跑同尖叫……嗰晚係點過嘅呢？我聽住槍聲、警報聲、廣播聲……最後我覺得要搵我細佬幫手，我哋已經好耐冇聯絡，但係我覺得今次一定要搵佢，因為只有佢至有特權，喺呢個時候，只有幹部級人馬至有特權喺公安局或者醫院裡面救走一個學生。

△ 燈滅。

——第四場——

時間：1989 年、現在

地點：首都民居

人物：阿大、小林、阿平

△ 黑暗中傳來尖叫聲、掙扎聲，非常猛烈，持續了好些時間。

△ 一陣被制伏的靜默。這時傳來拍門聲，非常急促。

△ 燈亮，三十年前，中年小林被縛在椅子上，這時她的嘴已塞上毛巾，阿大在縛她那激烈反抗的雙腿。

阿大：（被那不斷的拍門聲搞煩了）嘖！

△ 阿大走出去開門，不一會，弟弟阿平衝進來。

阿平：（畫外音）阿大阿大出事喇……阿嫂去咗隔離市報公安，啱啱上頭派人嚟辦公室搵我——

△ 阿平進來見到被縛的小林，小林也因為他在而平靜了。

阿平：發生咩事呀？

阿大：佢死都要去上訪，話要告政府，話呢個市嘅公安廳唔受理就去另一個……

阿平：唉嫂，去到邊個廳都冇人敢理㗎……之但係你都唔可以咁縛住佢㗎——

阿大：唔好放住，畀我抖抖，今日揸咗好耐車出城接佢，回程仲要一路開車一路撳住佢，我真係好攰喇！

阿平：點解你唔叫我幫手呀？我派車同你去吖嘛！

阿大：我費時嚇親你。點知都係搞到你。

阿平：有乜搞唔搞吖……依家冇得瞞㗎喇，周圍都捉緊逃犯。上頭算錫住我，淨係暗示我出咗狀況，叫我要好好地關心吓屋企人。

阿大：即係點呀，上頭知我哋係死難者家屬噃？

阿平：我冇認到，梗係唔認！認咗就麻煩，我淨係話我阿嫂都係咁上下時間死咗個仔，亂咗，我侄仔係交通意外死，唔係廣場上嘅學生……

△ 阿大低下頭，不知是喜是悲。

阿平：好彩係我搵到哲哲先，如果當時醫院掛咗「暴徒」個牌上去，咁就一世。

阿大：人都死咗，有咩一世唔一世。

阿平：唔係佢嘅一世，係我哋嘅一世！

△ 稍頓。

阿大：唔好講喇，我斟杯茶畀你。

阿平：唔飲茶，要水，冰水。

今年好似比往年熱，你覺唔覺？嗰日跑咗幾個單位想話買枝凍嘢解渴，先發覺好多舖頭仲關緊門，都唔知幾時先會回復正常……

△ 阿平蹲在小林旁。

阿平：嫂，我知你唔忿氣，但係冇得搞㗎，廣場上面咁多人搞咁耐結果都係咁，呢舊……頑石嚟㗎，你去推佢盞畀佢砸死……都成個月，你唔顧自己，都顧吓阿哥，佢又肥、血壓又高，大熱天時咁騰嚟騰去，爆血管都似。

阿大：水。

△ 阿平幾乎嗆到。

阿平：喂滾水嚟嘅！

阿大：冇冰呀，一係滾水一係水喉水。

阿平：冰都冇？

△ 阿平去打開電冰箱。

阿平：嘩你搞乜呀，個雪櫃吉嘅？

阿大：有乜辦法啫，哲哲走咗佢就咁喇，我呢個月都冇開過工，今朝見佢食咗藥瞓得咁稔，諗住快快手手做一轉就出事喇。

阿平：成個月冇開工？咁點得㗎——

△ 阿平準備拿錢包。

阿大：夠使夠使！都唔係錢銀嘅問題。

阿平：都要食㗎？個雪櫃咁吉你食咩呀？

阿大：我有託隔離鄰舍出去買，好閒啫⋯⋯況且佢都食得唔多。

△ 阿大顯得悵然若失。

阿平：喂唔好咁！精神啲！依家得返你哋兩個，更加要顧好身子——嗱我叫阿紅聽日買啲嘢上嚟煮餐好嘅佢食，出面嘢梗係食唔落啦，阿紅煮佢就會食喇。

阿大：傻啦做乜打搞阿紅啫！

阿平：咩打搞啫，兩兄弟都咁見外？我成日同佢母子講，當初唔係大伯供我讀書我都冇今日，佢哋明㗎，佢哋都好感恩、好想幫手㗎！

阿大：係啫，阿紅返工都忙……一輝搵到學校未呀？

阿平：哦，搞掂喇，最後搵到個關鍵人物，託人送咗好多禮終於搞掂……

△ 這話刺痛了小林。

阿平：不過一輝依家喺鄉下，全市嘅學校今年都提早放暑假，佢阿媽驚佢跟住班官二代學壞，寧願先送佢返鄉下。呢個衰仔，不學無術……（見小林看著自己）係呀嫂，過埋暑假你個侄就要上大學喇！我同你講，唔好傷心，以後當一輝好似自己親生仔一樣，我會叫一輝孝順埋你兩個！

△ 小林含糊說話。

阿平：吓？

△ 小林再含糊說話。

阿平：佢講咩呀？

阿大：佢話哲哲如果喺度明年都會上大學。

阿平：咁你都聽到！

△ 小林再含糊說話。

阿平：佢又講咩呀？

△ 稍頓。

阿大：佢恭喜你。

阿平：唔似喎……

△ 小林再含糊說話，阿平看著阿大。

阿大：你唔使理佢。

△ 阿大明顯不想解說，轉身放好水杯時阿平鬆了小林口中毛巾。

阿大：喂——

小林：我恭喜你老母呀你呢班無惡不作喪盡天良嘅狗官！除咗貪污斂財欺壓百姓你哋仲識咩呀？就係搞關係同走後門！你千祈唔好帶你老婆嚟！佢煮嘅嘢只會令我更加冇胃口！仲有你個垃圾仔！千祈唔好走嚟我度！費事成間屋發臭你哋走咗我仲有排抹呀！

△ 小林向阿平吐口水。

阿平：嘩，佢真係有啲事嗝——

小林：仲話叫個仔嚟孝順我，你真係嫌我唔夠傷心！你覺得你件垃圾可以取代我個仔？你冇嘢吓嘛！我哲哲由細到大都唔使我操心㗎，如果我話幫佢走後門佢嬲我添呀！你知唔知點解？因為佢係一個有廉恥、有尊嚴嘅細路！

阿大：小林——

阿平：放心，阿嫂都係太過傷心啫，我唔會怪佢……

小林：我哲哲更加唔會群埋啲咩官二代，佢最睇唔起你哋呢種貪污濫權嘅幹部！所以你哋先要殺咗佢！因為你哋怕佢！但係點解連個天都係咁揀呢？點解要犠牲啲咁好嘅人，留返啲好似你哋啲咁嘅圾垃去獻世、去腐蝕社會呢……

阿平：阿嫂你使唔使咁講嘢呀，我都係好心啫——

小林：你幾時有好心過？

阿平：哲哲係我個侄嚟㗎！噚晚我都跑咗好多醫院同拘留所㗎！唔係我？哲哲瞓喺殮房擺幾耐都冇人知——

小林：唔係你，哲哲就唔會死得不明不白！

阿平：喂你搞清楚喎，唔係我打死哲哲㗎喎！

小林：但係係你叫阿大否認佢係死難者、你唔畀我哋去追究，你驚件事牽連到你、你叫阿大求其影幾張相向我交代就處理咗哲哲——軍隊濫殺無辜呀你知唔知呀！佢哋殺咗我個仔呀——

△ 阿平想把毛巾塞回去時被小林狠狠咬了一口。

阿平：哎吔！

小林：我同你有咩血海深仇？連我個仔嘅最後一面都唔畀我見！

阿大：小林！你癲夠未呀！

阿平：阿大你真係要縛起佢呀，佢真係精神錯亂——

△ 阿大上前。

小林：你試吓再塞落嚟吖！你行埋嚟我就咬甩條脷畀你睇！

△ 阿大卻步。

小林：出面已經唔可以講，如果喺屋企都唔可以講真話我寧願死。（頓）我等咗十日。你哋話唔好打草驚蛇、怕驚動戒嚴部隊萬一搵到哲哲都會累佢判刑。我信你哋，呢十日我不眠不休咁等，我聽你哋講，留喺小區，盡量唔喺廣場附近露面，我唔同其他人交流，唔畀人知我哋屋企出事，我特登洗哲哲啲衫晾出去，我執定哲哲嘅行裝準備佢一返嚟就送佢返鄉下……點知，我等到嘅就係幾幅死人相，凍冰冰，冇我哲哲嘅輪廓冇佢嘅溫度，我連佢邊度受傷因乜致死都唔知！呢個係我基本權利嚟㗎！作為一個媽媽！生要見人死要見屍係我嘅權利嚟㗎！點解你哋可以咁殘忍？……依家一切都過去，我連控訴嘅證據都冇，你哋將我變成一個懦弱嘅母親、沉默嘅難屬，但係我冇放低過，每一日我都記住，我同你之間有一道不可瓦解嘅牆，我同國家之間有筆未計清楚嘅債。

阿大：對唔住呀伯爺婆，我當時都六神無主……

△ 阿大蹲在小林旁邊，慢慢為她解開身上的結。

阿大：嗰間房裡面到處都係屍體，哲哲就咁瓣咗喺度，兩隻眼都未合得埋，成面成頸都係血，我都唔知嗰啲係佢嘅血定其他屍體嘅血，我淨係知道，我唔可以畀你見到佢咁，我當下冇諗哲哲，我淨係諗，冇喇，小林見到呢個情景一定會癲㗎 —— 然後我聽到有個著制服嘅人話，暴徒要做記錄，唔係暴徒就可以即刻領走，我冇諗咁多公義嘅問題，我只係想盡快抹乾淨哲哲等你唔好見到佢咁嘅樣……但係，搞唔到，佢哋話嗰種叫達姆彈，粒子彈由後背入，喺哲哲胸前炸咗一個擴張型嘅大窿，我唔知可以點抹乾淨，相比起佢瘦削嘅胸口，嗰個窿實在太大喇。然後我返到嚟，你又充滿希望咁撲埋嚟，小林，我冇勇氣，我成世人都係懦夫，但係我唔係貪生怕死，我驚你傷心我驚你憤怒，我驚喺呢個極權下我保護唔到你，我驚連你都冇埋……

△ 此時阿平已消失，時光慢慢回到現在。

△ 小林手腳的束縛已撤去，但卻換上了老病的束縛，比起上場，她身體又弱了許多。

阿大：……對唔住呀伯爺婆，我應該畀你同哲哲好好告別，我應該畀你為佢好好抗爭。我應該知道，由嗰陣時開始，我哋嘅人生已經冇得回復正常。

△ 燈漸暗。

——第五場——

時間：現在

地點：首都民居

人物：阿大、小林、阿平

△ 燈亮，與上場一個模樣，小林的頭卻歪向一邊，了無生氣。

△ 阿大在熱烈地向她展示一切，希望提昇她的生存意志。

阿大：登登！就係呢張喇！見唔見我個樣？喂你對眼望咗去邊呀？呢度呀！

△ 小林不耐煩地別過臉來，看了一眼，又轉過去。

阿大：乜你咁㗎，都唔興奮嘅？

小林：有乜咁值得興奮？

阿大：工作證嗝！係咪啲字細得滯？你見唔到咩——「天安門廣場清潔小隊」。

小林：你做清潔㗎咩？我以為你揸車㗎添。

阿大：我揸車，不過我諗與其買通個清潔工，不如我自己申請入去做？到時我同守衛講上一更漏咗啲手尾叫我早啲入去跟，然後就神不知鬼不覺咁運你入去，係咪好聰明呀？

小林：運我入去都冇用啦，我依家都唔行得咯，未到五月，我已經唔行得。

阿大：行唔到又點啫，坐輪椅我推你入去嘛！

小林：……唔啦，咁撈攪，中途痾屎痾尿就煩啦！

阿大：有幾煩啫——

小林：你梗係唔明啦，痾完摵走個屎袋就得，我要人扶上扶落。一匿匿幾個鐘，一陣畀人捉又走得嚤，攞嚟搞。

阿大：乜你有諗過走得甩咩？攞嚟講……你又做咩呀？

小林：啲人又話如果醫生話仲有 3 個月命即係有 6 個月，話有 6 個月即係有 1 年，等啲病人同家屬覺得自己賺咗。我覺得我哋個醫生好老實，我應該未到六月就瓜柴。

阿大：你咪亂嗡啦！成日講埋啲唔吉利嘅嘢！係咪想縮沙呀？我安排晒所有嘢連工都特登搵埋，你唔好諗住縮沙喎。

△ 小林情緒低落。

阿大：喂我哋好耐冇睇哲哲細個啲相，我攞出嚟一齊睇哩，平時你有咩唔開心一睇佢啲相就精神爽利——

小林：唔睇呀，睇綜藝節目好過啦，開電視吖。

阿大：有咩好睇呀，你平時至憎綜藝節目嘅……一係我哋再預習去醫院嘅對白，嗱平時你咩都比我叻，但係一講到做戲我覺得你就唔夠我自然喇——

小林：阿大，我諗我真係捱唔到六月。

△ 稍頓。

小林：我覺得好唔舒服。

阿大：你見邊度唔舒服呀？唔舒服你又唔講？嚟，我送你入醫院——

小林：冇用㗎大，呢兩個月我哋都去咗無數次啦，佢哋淨係想擺我喺善終服務，都幫唔到我嘅。

阿大：咁……

小林：我呢兩日真係覺得受唔住喇，我對腳好痺好痛，呢種痛症蠶食緊我嘅意志……我開始諗……其實我係咪應該早啲走呢——

阿大：唔好咁諗呀小林！哲哲等緊我哋，你痛嘅話我去問醫生可唔可以食多啲止痛藥——定係打嗎啡？總有方法！捱多一日得一日！

△ 小林再次把臉別過去。

阿大：為咗哲哲我哋一定要堅持落去，你講得啱，我哋負咗佢卅年，係時候要為佢做返喲嘢……喂喂喂，你唔係話哲哲等緊我哋去接佢咩？記唔記得有次你遲咗去幼稚園接佢你話佢坐喺凳仔望住門口個慘樣呀？

△ 小林立即想起。

阿大：係呀，唔好放棄呀！佢可能就坐喺其中一個石級等緊我哋呀……發生嗰件事之後我哋都冇去嗰頭，頭幾年開工我都運路走，啲客以為我兜路要減 5 蚊先過到骨……今日我去見工，都冇咩啫，都係一個廣場，你想像上面死過好多人，嗰度就好恐怖；你想像曾經有班躊躇滿志嘅年輕人，嗰度又變得好美好；我哋係應該去拜祭吓嘅，我哋老喇，咩都唔怕。

小林：但係你以後點呀？

阿大：咩點呀？

小林：我呢兩日不斷喺度諗，就算我真係捱到去六月、我哋做咗應該做嘅事，咁你點呀？我就話拜拜啫，你呢？

阿大：嘩你而家先諗呢啲嘢？

小林：唔係㗎，我一路有諗㗎。

阿大：我以為你個腦淨係得哲哲。

小林：點會呢。

阿大：好吖，咁你講嚟聽吓吖，你原本諗住點拯救我？請定律師定係咩？

小林：我原本諗住行動當晚先喺晚飯裡面落藥，等你瞓咗我就將你五花大綁，然後帶埋啲嘢直接去廣場，行動之前打電話畀你細佬叫佢嚟放返你。

△ 稍頓。

小林：但係冇啦，我淨係諗住我會死，我唔知我會先唔行得。

阿大：原來你一直都諗住飛起我……唔怪得之一行唔到就停晒手啦。

小林：唔應該連累你㗎大，我就話就走啫，你唔使——

阿大：我都唔會剩返好多年呀——

小林：但係哲哲唔會想——

阿大：咩呀？哲哲唔會想見到我呀？哲哲我都有份㗎，點解你唔畀我一齊去呀？點解你唔畀機會我補償？

小林：你咪咁勞氣啦，睇住爆血管呀，到時唔知邊個推邊個。

阿大：兩架電動輪椅綁埋一齊，叻啲嗰個負責控制，總之無論如何，不達目標誓不罷休！（苦笑，靜默）

小林：冇啦，而家點唔情願都要靠你啦。

△ 稍頓。

小林：但係都要諗定㗎，我哋畀人捉到之後。

阿大：我冇諗得好長遠呀，淨係諗到畀人揼低嗰吓咋。

小林：係？你諗咗啲乜？

阿大：可能我會嗌幾句口號啦。

小林：黐線，都冇人聽到。

阿大：你去燒衣點燈夠冇人睇到啦。

小林：你以為，喺我嘅計劃裡面原先我準備成個過程網上直播，而點燈唔淨止點蠟燭而係天燈……

阿大：嘩你自己點做到咁多嘢呀！

小林：你成舊豬油咁，同你一齊就做唔到喇。

阿大：咩啫，你要天燈我咪去準備囉……

小林：講笑咋，話畀我聽吖，你諗住畀人揼低嗰吓嗌咩呀？唔好嗌平反六四嗰啲呀，專制政權冇資格平反我哲哲呀！

阿大：咁我嗌：「我愛小林！」「我愛哲哲！」

小林：平庸。都唔知點解當年會嫁畀你。

阿大：咁你話喇，應該嗌咩？

△ 長停頓。

小林：你啱，就係應該嗌「我愛我的家人」，嗰班躝癱將佢哋亂槍掃死、視佢哋如草芥，但係死咗嘅都係活生生、我哋愛過嘅人，冇一個交代、冇一句道歉，只有最極權嘅獨裁者先會咁樣對佢嘅人民，呢個政府唔配得到我嘅尊重，我呢一生人，只會愛我嘅家人，就算所有人當哲哲係一個數字，我哋都唔可以當佢係一個數字。

△ 稍頓。

阿大：咁到時我嗌啦嗱。

△ 小林情深地看著他。

小林：你咪嗌囉。

△ 自此這對老夫妻的隔膜已打破。

△ 傳來敲門聲。

阿大：邊個呢，咁夜嘅？

小林：小心啲，睇吓先。

△ 阿大前往應門，急忙折返。

阿大：係阿平呀！

小林：阿平？點解佢突然會上嚟嘅？

阿大：我都唔知……

小林：哎，收起啲嘢先！

△ 阿大慌張地把行動的一切收好。

△ 確保一切安全後他前往開門。

△ 未幾，年老的阿平上。

阿平：嗨，阿嫂！

小林：乜咁錯蕩呀，官愈做愈大，都好耐冇聽到你消息喎，係咪聽到我就嚟死所以良心發現嚟睇吓我呀？

阿平：有聽講你病咗，不過講嘢仲咁刻薄，即係仲有排啦？

小林：過埋六四啦，過埋我個仔嘅死忌我就放心走喇。

阿大：你坐吓好走喇，你阿嫂要休息——

阿平：點解過埋六四就放心走呀？你哋係咪諗住搞啲咩呀？

△ 兩老先是訝異，然而小林立即反應過來。

小林：可以做得啲咩呀？見唔見我癱咗呀？我唔行得喇，可以做得啲咩呢？

阿平：唔知呀，有啲嘢唔使行得都可以做嘅，譬如寫文呀、接受訪問呀。

阿大：你想講咩呀？

阿平：今年三十周年，上頭好重視呢件事，依家國家非常之繁榮，不容有任何抹黑——

小林：你講夠未呀？卅年前喺呢個家庭你已經幫你個黨抹乾淨晒啦，你依家仲返嚟講風涼話？

阿大：夠喇阿平——

阿平：抹乾淨就好啦，我就係怕抹唔乾淨。你知啦，有好多滋事分子、佢老母組織呀，最鍾意趁住呢啲時候刷存在感，所以上頭派我呢兩個月好好睇住佢哋……

△ 阿平緩緩地在屋內巡察。

阿平：咁啱嗰日見到個訪客 IP 好熟——你知啦我哋唔會放過任何可疑嘅線索㗎嘛——我查一下，果然係嚟自呢個地址——

小林：你有冇無恥啲呀？你監視我哋呀？

阿平：履行職務都無恥？愛國都無恥？你唔係病成咁我一定請你去上國情班。

阿大：你同我即刻躝——即刻！

阿平：我見你最近成日喺網上面同後生仔搭訕，於是乎又去搵嗰啲後生仔傾偈——原來你送緊哲哲啲遺物出去，一早送晒出去你就唔使咁執著啦……啲後生仔都冇講咩，雖然有個明顯比較驚青，但係佢都冇講啲乜。

阿大：咁你走得啦——

阿平：我想講，呢段敏感時間都唔好周圍走，上頭唔知你哋係難屬，我知，在公在私我都要提醒你，尤其你個侄最近等緊升職，各方面都不容有失。

△ 阿平正要離開，拾起地上的工作證。

阿平：你轉行咩？

△ 頓。

阿大：對眼唔好，揸唔到車喇。

阿平：你都唔細喍喇，要有心理準備，啲人硬係鍾意隨地吐痰同周圍痾尿，寫幾多標語都冇用，我哋國家距離文明仲好遠。

△ 阿平開步離開。

小林：你知唔知最搞笑係咩呀阿平？

△ 阿平停步。

小林：中國啲官員私底下其實都好誠實。

△ 阿平沒有反應，轉身離開。

△ 阿大跟小林擊掌（high-five）。

△ 燈滅。

── 第六場 ──

時間：現在

地點：首都民居

人物：阿大、小林、陌生人

△ 燈亮，小林平躺在廳中，身上蓋著棉被。

△ 阿大在講電話的聲音，他似乎是一邊講一邊整理東西。

阿大：（畫外音）打咗針喇，頭先佢好辛苦嗰陣時我幫佢打咗……而家瞓咗……我其實係想問，你哋仲有啲咩係可以幫佢吊多幾個鐘，即係譬如……強心針？有冇呢啲嘢㗎……唉同你講都嘥氣，我咪同你講咗佢唔想囉，佢淨係想清醒幾個鐘去做啲緊要嘢──

△ 小林突然驚醒。

小林：好凍啊！阿大！仲好凍啊！

阿大：佢嗌我呀！我一陣先同你講！

△ 阿大掛上電話將衣物送到小林跟前。

小林：閂窗啊阿大，開大啲個暖爐，我由個心凍出嚟，對腳好似結咗冰咁呀……

△ 阿大扶起小林急忙為她穿衣服。

阿大：好快好快，一陣就暖！

小林：今日幾號呀？仲有幾耐先到六月四號呀？

阿大：今日……今日咪六月四號囉，係今日呀，啱啱過 12 點之嘛，你捱到呀伯爺婆！

小林：我捱到？今日係六月四？

阿大：係呀！我哋可以去見哲哲喇……（指著輪椅上的袋）你睇，我所有嘢都準備好喇，連架車都泊咗喺後街，等你瞓醒咋……小林，我哋今晚行動，行動完你就安心上路，我都唔忍心再留住你……

小林：咁我要換過件衫……

阿大：換衫？

小林：哲哲最鍾意我著嗰件紅色外套，嗰陣佢成日叫我著返學接佢，話離遠已經見到我嚟咗……

阿大：……哦，好呀，我轉頭搵吓。

小林：仲有嗰架 van 仔……

阿大：吓？

小林：我阿姑喺香港帶返嚟嗰架玩具車呀，佢好鍾意㗎，成日都要我放喺袋，一放學就撲過嚟潛呀潛……

阿大：小林，你知唔知我哋要去邊？

小林：結業禮吖嘛，哲哲上台攞優異生獎。

阿大：……

小林：所以我叫你做少日囉大，錢幾時都可以搵，啲細路嘅嘢要關心，咁佢先知道我哋錫佢。

△ 頓。阿大看著小林的臉，有一刻想讓她放下，然後又清醒過來。

阿大：唔得㗎小林，個個都想抹走呢件事，我哋自己先唔可以忘記 —— 小林，卌年前哲哲喺廣場畀戒嚴部隊打死，佢同嗰班手無寸鐵嘅學生都畀軍人打死，我哋今晚係去拜祭佢哋，我哋去話畀佢哋知我哋仲記得……

小林：我哋仲記得？

阿大：冇錯，幾老都唔會忘記，幾病都要去完成。

小林：完成……

阿大：你嘅心願……

小林：你真係好呀……咁我哋唔好講咁多，我哋行啦 ——

△ 小林發現自己不能走動，她因為忘記所以顯得錯愕。

阿大：唔使驚，上戰車，我推你去！

小林：好吖！

△ 阿大把穿好暖衣的小林抱上輪椅。

小林：你好好力水呀！

阿大：你當年咪就係咁樣畀我抱走㗎囉。一大班後生仔女喺堤壩上面玩，走嘅時候我伸隻手畀你，你以為我扶你，點知我一嘢拉你落嚟抱住你。

小林：嚇死人！

阿大：你後來唔係咁講㗎喎！

小林：咁我點講？

阿大：你話殺死人！

小林：你亂嗡！

△ 其時阿大已準備好一切要出門。

小林：我哋去邊呀？

△ 稍頓。

阿大：去到你咪知囉……

△ 阿大將輪椅駛近大門，自己先行前去開門。

△ 未幾，他退回來，一個陌生人步步進迫。

阿大：邊位呀？

陌生人：國家安全部。

阿大：……做咩呀？

陌生人：請你執幾件行李，國家想請你去旅遊。

阿大：乜撚嘢呀？

陌生人：唔好講粗口。

阿大：我犯咗咩事呀？

陌生人：你犯事就送你去坐監而唔係去旅遊啦。

阿大：如果我唔想去呢？

△ 稍頓。

陌生人：咁你就會「被旅遊」。

△ 稍頓。

阿大：你等等，我要打個電話畀我細佬——

陌生人：唔使喇，佢早幾日被揭發「協助國民以不法手段移民美國」，已經畀人扣押，冇人幫到你㗎喇，執行李啦。

阿大：……但係、但係……我老婆病得好緊要呀，沿途死咗邊個負責呀？

陌生人：所以佢唔會去。

△ 陌生人將小林推開，阿大急了。

阿大：吓？你哋有冇人性㗎，佢依家冇照顧自己嘅能力㗎，我走咗佢會死㗎！

陌生人：放心，國家好體貼，醫療隊已經喺出面等緊接替，你唔喺度呢段時間我哋會幫你好好睇住佢，坦白講，一定比你專業。

阿大：要去幾耐。

陌生人：過咗敏感時期就可以返嚟。

阿大：如果我話我唔走呢？

陌生人：何必呢？你明知反抗都冇用，無謂嚇親老人家啦。

△ 阿大看一看小林，深深地歎了口氣。

阿大：咁我可唔可以同佢講兩句呀？佢身子咁弱我點知返嚟仲見唔見到佢呀？

陌生人：講啦。

阿大：唔想喺你面前講呀！私隱呀！情到濃時可能會打個茄輪呀——

陌生人：得啦 5 分鐘，5 分鐘唔見你武警部隊就會破門而入。

△ 陌生人下。

△ 阿大蹲在輪椅旁。

阿大：小林你要聽住。

我唔會同佢哋去咩旅遊，我唔會幫佢哋粉飾太平。一陣我就會喺睡房個窗爬出去然後由後街開車直接去廣場，對唔住我帶唔到你去，但係你可以想像，你要記住我一定會去到廣場為我哋個仔點起蠟燭，我一定會做得到，冇咗條命我都會做到！然後我哋喺另一個世界再見，我哋喺嗰個更美好嘅世界再見，你同我同哲哲，記住搵我！記住想像！

△ 阿大在小林的額前深深一吻，然後拿起輪椅上的袋子便走，一切是那麼安靜。

小林：我要想像乜嘢？

童年時代嘅赤貧，青年時代嘅動蕩，成年時代上山下鄉，中年時代為家庭庸庸碌碌，到最後，乜都冇晒……

△ 遠處傳來片警的喧鬧，可能是發現阿大逃走了。

小林：唔係、唔係呢啲，阿大要我想像……

△ 開始有警車聲、警報聲，但小林不想想這些，她努力地往好處幻想，所以危險的聲音又退下。

小林：我想像呢個係一個冇監控嘅國度。冇片警喺外面等緊阿大、冇巡邏車會截停佢，阿大由長安街長驅直進，由正門行入天安門，嗰度冇守衛、冇安檢，係真正屬於人民嘅廣場。

我想像阿大自由咁喺大街上行，喺石板鋪成嘅廣場上面盡情為哲哲痛哭 —— 我係幾咁想同佢一齊，去嗰度傾盡我人生最後嘅眼淚……我哋去目擊者見到哲哲倒下嘅燈柱，檢查一下仲有冇子彈劃過嘅痕跡；去坦克車輾過嘅石路，睇吓仲搵唔搵到當年嘅碎片……呢度千秋萬代，無數叱咤風雲嘅領袖喺度接受膜拜，但係冇一個為人民帶嚟真正嘅幸福同平安。我哋個仔爭取過，冇成功，但係佢哋

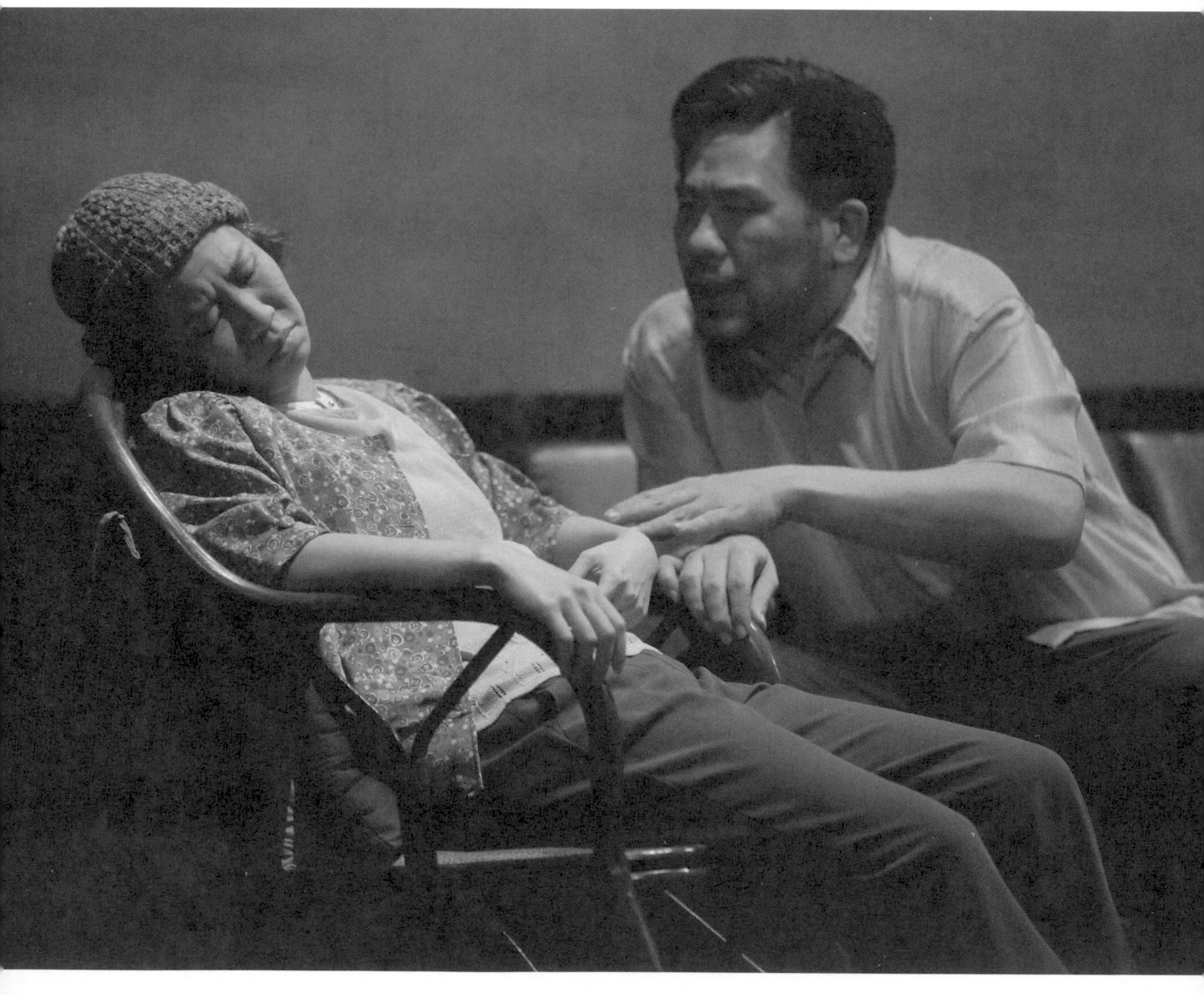

爭取過……

我想像阿大喺廣場上劃一下火柴、點起第一枝蠟燭，我想像廣場先刮起一陣風，然後慢慢凝聚力量；阿大再點一枝，呢次風勢更加明顯，但係都係喺頭頂吹，冇整熄啲蠟燭；阿大於是點最後一枝……

△ 小林脫離了人生的枷鎖。

小林：被超渡嘅係我，我畀佢嘅愛牽引到廣場，終於唔需要靠幻想，我見到廣場嘅孤獨，三枝蠟燭同一個老人。三十年，生死兩茫茫，在生嘅人忘記，往生者不知去向，我身處嘅，係時代嘅孤寂……

△ 一個年輕人從房間慢慢走出來，對著小林微笑。

△ 一陣靜默之後，傳來不知名的歌聲，很輕很輕。

△ 這歌聲慢慢有人附和，是其他年輕人，他們唱著歌從四方靠攏過來，慢慢包圍小林。

△ 小林緩緩走向年輕人，似乎要隨他們步向永寂。

△ 這時，其中一個青年發出了一聲透徹心扉的吶喊。靜默。劃破靜默的是另一聲吶喊，慢慢又凝聚成一股力量，如是，其他青年人猛烈附和著，就像不甘被鎮壓的靈魂，開始激烈地咆哮和躍動，傾盡全力，要在世的人記住他們那不滅的信念。

～全劇完～

《5月35日》

（國語劇本）

編劇：莊梅岩　　　國譯：江佳蒨

——第一場——

時間：現在

地點：首都民居

人物：阿大、小林

△首都民居，布置簡約，累積的藥物佔了一角，除此以外雜物不多，沒有神像沒有照片，這是一個無信仰無寄託的家庭，只有一扇緊栓著的房間門。

△幕起，燈亮，大門開啟的聲音，小林先走進來，觀眾聽得見門外的人在吵罵。

阿大：（畫外音）……你再移過來，我一定丟了它，幹你娘，我不出聲你真的當我瞎了啊！

△ 小林十分平靜，逕自走向藥物角把新藥放過去，順道看看掛曆。

阿大：（畫外音）……跟你說過幾次了？一人一邊，你怎樣都要越線，現在幹嘛，我不出聲你就故意放過來？整間屋子都給你好不好？連這條命都給你好不好？

△ 小林唸唸有詞地數算著。

阿大：（畫外音）你娘的咧你不怕丟臉我就拉條繩子在這邊 —— 看到這條繩子嗎？你超過這條線我就踹爛你！

△ 很大力的關門聲，阿大隨之而來。

阿大：有夠離譜！

△ 二人對看，稍頓。

△ 小林想起了甚麼就去拿，阿大已不能阻礙她做任何事。

阿大：他把那個鞋櫃擺了過來，每天半吋，以為我不知道，其實我每天都在量！上次放了兩棵辣椒過來，說我們這邊的日照比較好，說長出來的辣椒會留一點給我，最後留兩棵枯死的盆栽，還長蟲 ——（向鄰里）我不應該幫他丟去垃圾站！我應該要把盆栽拿去他屋子，把那些土倒在他家！你說，哪有那麼自私的人？！

小林：一大把年紀了不要再為這些小事吵吵鬧鬧，注意你的血壓。

阿大：這些就是所謂的人民素質，你不覺得很可怕嗎？窮人惡，富者不仁，虛偽作假的，多半都是文化人。隔壁那個就是這類人，還說在重點國中教書，那些學生在他身上沒甚麼可學，只會學到說一套、做一套！

小林：還沒有吃那些辣椒講話就這麼嗆。

阿大：你真的覺得我是為了那幾個辣椒嗎？人家是一粒沙看世界，我是一個辣椒看國情！他沒事幹嘛種辣椒？因為之前新聞報道說那些辣椒有毒。市面上有多少假貨跟有毒的東西，我們哪個不是自求多福？但是之前的豬瘟我們都分了一些鄉下的豬肉給他，現在他種了無毒辣椒就不分給我們，世態炎涼！只顧自己！他沒念在我們是孤苦無依的老人家，也要看在我給他地方種辣椒啊！

小林：有可能人家知道你去年因為大腸癌把腸子切了，知道你不應該再吃刺激性的食物呢？

阿大：你專門跟我唱反調！我講的是人民素質的低落！我講的是這一個世代，大愛只是呼口號而已，公平正義都是因為自己吃虧才站出來講！你說再這樣下去我們的國家像甚麼樣？以後會怎麼樣啊？

小林：輪不到我們操心，我們沒多少日子了。

△ 靜默，阿大觀察了一會。

阿大：做甚麼走來走去？休息一下吧。

小林：我檢查一下你還有幾個屎袋。

阿大：還有一整盒，十幾個。

小林：只剩十幾個……我幫你再多訂幾盒。

阿大：訂那麼多做甚麼，屁眼只有一個。

小林：我想說多訂幾盒，幫你把袋子先剪好，你眼睛那麼小，看不清楚，每次都剪得太大，一定要剪到剛剛好，那些屎蓋住你的皮膚會爛掉的。

△ 小林掀起他的衣服露出腰間的袋子。

小林：這個又用了幾天啦？你常常不換皮膚會爛掉。

阿大：就讓它爛，死了更好。

小林：不要這樣，醫生說你這個病好好照顧的話存活率很高……我幫你多剪幾盒，至少用到我走。不是為了你，是為了我自己走得沒有牽掛。（一邊數袋子）這裡有 15 個，你三天換一個，可以用上一個半月，醫生說我還剩三個月，那就是最少要多買 15 個，拖拖拉拉再加上辦喪事，先買 4 盒。

阿大：4 盒……

小林：不夠？

阿大：你幹嘛當成自己就快死了呢？我當他在騙人 —— 可能那個醫生搞錯了 —— 可能他想騙我們錢。

小林：你不相信那個醫生也要相信那些 CT 片，拍了幾十張，橫照直照甚麼都照清楚了，腦是我的，瘤也是我的，認命吧。

阿大：認甚麼命，明明是我先生病的 ！

小林：病無前後，達者為先。

阿大：那個醫生沒有辦法，他說無法救不代表其他人救不來 —— 小林，我們去試試氣功療法，我上網看過 ——

小林：不要弄了，別搞那麼多，留一些錢給你，留一些尊嚴給我，留下一些時間做正經事比較好。

△ 小林繼續在屋內走動。

小林：櫃子的上面有兩份保險，已經繳了很多年了，是哲哲走了之後我買的，我走了以後保險金再加上儲蓄，已經夠你用到你過世，所以你以後不要再開長途車了，有需要就把這層樓賣掉，如果不是要留給誰呀？房屋權狀我放在床底下，還有幾個金飾，是我嫁給你的時候親戚送的，很小，雖然不值錢，但好過藏在那裡被人丟掉 —— 呀，講個秘密給你聽，我平常怕自己不記得去領錢，所以會把鈔票塞在不同的地方，你想要我現在把地點全部說給你聽呢，還是以後自己慢慢去尋寶？

阿大：你怎能這麼冷靜！

小林：有甚麼值得激動？老夫妻，一把年紀，不是你先走就是我先走。

阿大：那也沒有理由一回來，就幫我買屎袋然後又塞錢給我用。

小林：放心，做完你的事情我就會處理我的事情了……等一下我會將一些電話號碼抄到紙上面，那些買屎袋、修車、上網、手機的緊急電話，還有你那幾位沒有往來的親戚，那些號碼是有存進你的手機，但是你整天搞不定，我不在就沒人幫你，我白紙黑字把它們寫下來就不會有問題。那張月曆我也會換新，上面寫了兩個人的事，回診的日期又多又亂，我幫你抄一張只有你自己的——

△ 阿大拉著小林坐下。

阿大：小林你坐下、你坐下……我好害怕我沒辦法接受，你明明只是腳麻，怎麼會搞到那麼嚴重呢——

小林：阿大——

阿大：剛剛醫生講甚麼我不是很明白，不是，他講話的時候我有點耳鳴，我其實聽得不是很清楚，不然我們再找——

小林：阿大，你聽到了，醫生說我有腦癌，已經擴散，只剩三個月。

△ 長停頓。

小林：註定好的，我平常壯得跟牛一樣，已經好久都沒生病，去年保險送了一個身體健康檢查我就想，去檢查一下也好反正不用錢。誰知道你忽然倒下，忙東忙西的我就不記得這件事……如果早點檢查會不會還有得救呢？真是說不準，或是被折磨完一輪後還是得死呢？這樣想又覺得晚點發現也有它的好處。只是比較為難你……我有你幫我送終，以後輪到你走，就沒人可以送你。

△ 稍頓。

小林：如果哲哲還在的話你說有多好呢。

△ 稍頓。

阿大：小林，我們不要坐在這了，你不去看醫生我不強迫你，我們把錢都拿出來，我們去環遊世界，你這輩子都沒有享受過，上次你說想吃海鮮蒸氣鍋，我還說你浪費錢，走，你想吃幾次都行！必要的時候就像你說的，把屋子賣了，你走了之後我住哪都一樣。

小林：我哪都不想去呀阿大，我只想留在家裡，最好連醫院都不必去。

阿大：你不想出去見識一下嗎？我們像那些年輕人一樣自由行！不想搭飛機的話我可以開車，我們去流浪！

小林：傻了嗎，都走不動了——

阿大：要不回鄉下去看你妹妹？還有你的那些小學同學，你之前說想要我帶你回去小時候住過的那個村莊……

小林：那些事情不重要⋯⋯

阿大：那哪些事情才重要？你跟我說啊——

△ 小林不想糾纏了。

阿大：你想做甚麼、我可以幫你做甚麼？你不要一直收東西——我跟你說你不要再抄那些電話號碼！我等一下就把電話打爛！我以後都不講電話了——我他媽的連話都不開口說了！幾十年夫妻，你好像沒事一樣⋯⋯

△ 阿大突然像孩子一樣哭起來。

阿大：要丟下我一個人，你好像沒事一樣⋯⋯

小林：阿大，哭了一輩子，我不會再流眼淚了。生老病死，是再自然不過的事。要哭就為了哲哲哭。

你這輩子衣食住行，哪樣不是我打點的，我對你真的是鞠躬盡瘁，但是對我們的兒子⋯⋯

你問我想做甚麼，我跟你說，我想打開那個房間，不是隔天去裡面打掃的那種打開，不是生忌死忌到裡面冥想的那種打開，是翻箱倒櫃、掏心掏肺的那種打開，我想拿哲哲的東西出來，我想把他從小到大的東西重新再看一次：他的衣服、他的學生照、同學寫給他的紀念冊、那晚他塞在門縫的那封信……所有跟他有關的東西，我都想再多看最後一次。

然後我想去廣場，沒錯，你最怕我做的事。我要去廣場，去哲哲被人打死的地方，好好哭一場。

△ 燈漸暗。

── 第二場 ──

時間：現在

地點：首都民居

人物：阿大、小林、年輕人

△ 先前的房門微啟，裡面傳來抽屜開開合合的聲音，阿大拿著暖水壺橫過幾次，不時窺探裡面情況，就是沒有進去。

△ 阿大在思索該把暖壺放在哪裡的同時，房內傳來巨響。

阿大：怎麼了──

△ 小林幾乎同時步出，手上捧著個箱子。

小林：沒事我只是撞到那個大提琴而已……

阿大：讓我來……

△ 阿大接過重物放在客廳，見小林回頭看了一下。

阿大：琴沒事吧？

小林：好險是掉在床上，要是直接撞到地上就壞了。

阿大：早就跟你說過送給別人，硬要留在那佔空間。

小林：你懂甚麼，這把琴是哲哲的寶貝，怎麼可以說丟就丟……哲哲走了之後我原本想去學拉琴，好像那齣人鬼電影一樣，母子兩個拉著琴重逢，想起來就覺得浪漫……

△ 阿大傻笑。

小林：你笑甚麼？

阿大：你那麼矮坐下來琴就遮住你的臉了，還拉個屁！

小林：今天會有人來把琴帶走。

阿大：你說真的還是假的，這麼爛都還有人要？

小林：不爛的，我時不時會上油保養的，何況那時花了我們兩個月薪水買的，是高級貨。

阿大：我記得，那時我們還住在舊屋，又小又擠，本來希望哲哲挑一件小一點又不會太吵的樂器。

小林：但是哲哲第一次聽到大提琴的琴聲就十分著迷，音樂老師都說，不是他選樂器，而是樂器選擇了他……

△ 稍頓。

阿大：這一箱呢？

小林：錄音帶，跟大提琴一起送出去。

阿大：琴就不會拉，這些錄音帶我們偶而會聽啊。

小林：我不在你會拿出來聽嗎？不要浪費！

阿大：……

小林：……不過要擦一下，常常聽的那幾塊就還好，其他那些都是灰塵了……

阿大：你整個早上都在收這收那……喝個水吧……

△ 小林一邊擦拭一邊重溫這些舊帶。

小林：……我不口渴……

阿大：口不渴都要喝……喝一口……

小林：……這幾卷應該是以前住在隔壁那個音樂教授送的，他特別疼哲哲，特地錄來送給他……

△ 小林接過暖壺，突然停住。

小林：這甚麼？

阿大：茶囉。喝吧——

△ 阿大把暖壺壓向小林嘴邊。

小林：你還來？上次已經害我拉肚子。

阿大：醫生說拉得出來才好，你又不肯多喝幾劑……我已經沒有再去了，這些不是藥。

小林：我不相信。你先跟我說這是甚麼。

阿大：幾十年夫妻我會害你嗎？會叫你喝的當然是好東西……

小林：我不怕你害我，我是怕你被人騙，這次又花了多少錢？

阿大：發神經，我會被人騙？我這個樣子誰敢騙我？

小林：說！這是甚麼？

阿大：符水。

小林：你腦子壞了！

阿大：有甚麼關係呢？甚麼都試一下嘛！

小林：藥的話我還可以接受，但是你不要跟我來神鬼那套。我們早就已經不信了，哲哲死了、這麼多人死了，如果真有神明有天理的話，怎會容許這些事發生呢？

阿大：不喝就不喝，幹嘛講那麼多……

小林：我跟你說，因果報應那套我也不相信，你呀，你這輩子做過甚麼壞事？我又做過甚麼壞事？為甚麼生病的是我們兩個？為甚麼不是那些喪盡天良的人？那些貪官污吏、那些黑心商人，那些只知道欺壓百姓、殘害忠良的公安都應該死，還有你那個弟弟——

阿大：夠了，連我弟弟都要詛咒？

小林：不說了，你只會影響我的情緒、阻礙我擦東西——

△ 門鈴響起。

小林：是不是！人家到了！

△ 阿大表示他會去開門，小林趕緊從箱裡抽出幾盒錄音帶，俐落地抹了幾下。

△ 開門聲，打招呼聲，阿大帶陌生年輕人上。

小林：你就是「等一個人咖啡」呀？

年輕人：你是「廣場大媽」？（笑）剛開門嚇死我，我還以為是老伯。

阿大：你們在說甚麼？

小林：網路暱稱，我們是在網路上認識的。先進來坐，阿大你去把琴拿出來……

年輕人：我去拿！

小林：不用，不要小看他老人家，力氣很大，你進來坐就好。

年輕人：那麻煩了。

△ 阿大進房拿大提琴。

小林：我這裡還有一箱錄音帶，本來想擦好再給你的，被老頭阻礙了！

年輕人：……錄音帶？真的好久沒看到——咦，羅斯卓波維奇*？這張特輯 CD 絕版了。

小林：果然是內行人，我的寶物找對人了——我把錄音機也送給你，現在可能只剩古董店才有賣。

年輕人：謝謝……但是我要說清楚，雖然我是拉大提琴的，可這把琴不是我要的，是我的學生——

小林：我知道，你留言已經說了，你學生那把琴壞了又沒錢買新的，我就是因為你的這份心意才選你的。你還在唸書？

年輕人：最後一年。

小林：半工半讀……

△ 年輕人笑著點點頭。

* Mstislav Rostropovich，俄羅斯大提琴演奏家、指揮家。

小林：現在物價指數那麼高生活不容易，教琴賺些零用錢也好……

△ 阿大把大提琴抬出。

小林：把琴先放著，他還不能走。

阿大：不能走？

年輕人：我知道，琴可以免費拿走，條件要留下來 15 分鐘，阿婆你人這麼好，你想聊久一點也沒問題的。

阿大：你們在援交嗎？

小林：你在亂扯甚麼？（向年輕人）不用理他。就像貼文說的條件，我只需要聊15分鐘。

阿大：你有甚麼不能跟我聊，一定要跟他說的？

年輕人：我了解的，你想將東西送給有需要的人，但是網路上好多人會利用這種善心，把別人捐出來的東西拿去變賣圖利，所以你問清楚是對的，這是我音樂專科的學生證，我還拿了學生的資料——

小林：不，我不想說這些，我只是想讓你認識一下這把琴的主人。

△ 稍頓。

年輕人：哦。

小林：你也知道，這把琴是我兒子的遺物。

年輕人：我知道，我學生也知道，他不介意，他只是需要一部琴，事實上我們這行好的琴都是代代相傳的——

小林：年輕人，我要跟你聊聊這把琴的主人，我要你知道，哲哲是一個甚麼樣的人，以及他是怎麼死的。

阿大：小林……

△ 哲哲的琴音再度低奏，燈光轉變。

小林：我的哲哲是一九七〇年的夏天出生，屬狗，他們都說屬狗的人忠厚、俠義，我的哲哲就是這樣。紀念冊上面老師同學都說他：光明磊落、熱情爽朗、體育藝術皆出眾，當媽媽的當然同意，我的哲哲就是這樣的……

△ 阿大慢慢蹲下，把暖壺裡的水倒進家裡盆栽。

小林：這孩子小時候好多病痛，剛滿一歲就得了肝炎，後來長水痘又長得不順，病了很久病到皮包骨的，那時我好怕養不大他……但可能病久了他特別勇敢，小時候打針吃藥都不哭，每個護士都誇他，說沒見過這麼乖的小孩……你知道嗎人真的有天性，你看他的眼睛就知道，我的哲哲從小就特別懂事，在公園看到別人哭，其他小孩都只顧著玩，只有我的哲哲會過去幫他。我老公開完長途車回來，我叫他盡量安靜不要吵醒爸爸，他夾到手指都忍著不哭，跑到廚房才對我流淚……

△ 阿大把大提琴交給年輕人，自己則捧著箱子，尾隨他離開。

小林：上天對我們真是不薄你想一下，老頭從小到大都是一個粗人，我也沒唸過甚麼書，但是我們的兒子，天生就喜歡讀書，求知慾又強……他從哪裡冒出來的呢？有時我會忍不住這樣想。尤其他拉大提琴的模樣，是不是在醫院抱錯小孩了呢？我跟老公講，萬一哲哲將來成名我們去聽他演奏，別人會不會覺得奇怪呢？他的爸爸媽媽一副農民樣，怎麼栽培出一個如此有氣質的音樂家呢？

但是他有天跟我說，媽媽，我不想讀音樂了，現在國家最需要的不是藝術，而是改革，他說他喜歡音樂，但是他更愛自己的國家，就好像俄羅斯的大提琴家羅斯卓波維奇，他本身也是一位民主鬥士……我不懂音樂，也不熟悉民主，但是作為一位母親，我見到自己兒子的熱情，就好像他第一天抱著大提琴的模樣，我知道他是全心全意投入這場運動，他是全心全意相信，就算國家不會一夜之間改變，但是都會以善意來回應他們對自由民主的訴求……

△ 燈漸暗。

── 第三場 ──

時間：現在

地點：首都民居

人物：阿大、小林、青年二

△ 燈亮，另一個年輕人坐在客廳，附近有一些綑綁好的書本，阿大站在一旁。

△ 他們似乎在等小林，年輕人顯得有點不耐煩。

青年二：你要不要去看一下？她已經進去好久了……

阿大：老人家動作慢，她又不喜歡別人幫忙……

青年二：我是說，已經超時了，我差不多要走了。

阿大：幫幫忙，再多留一下！

青年二：其實我已經多留很久了！……說好三百五十塊搬走那些書，以及聽她講15分鐘，現在已經超時了……

阿大：老人家，體諒一下吧。

△ 又等了一會。

青年二：其實現在沒人要實體書，有甚麼在網路上看不到的？

阿大：我知道，所以放上網幾天都沒人要，但是這些書對她有特別意義……我想完成阿婆的心願。

青年二：那為甚麼要聊天呢？還指定大學生？

阿大：你就當作是她對著我太久，想找些新鮮感 —— 總之你聽聽就好，等一下聽到甚麼都不需要給太大的反應。

△ 阿大起來看看廁所方向。

青年二：其實阿婆想跟人說他兒子的事？用網路不就可以了，免費的，還可以一次講給全宇宙聽，當網紅隨時還有錢賺……

阿大：……

青年二：我說真的，網路上很多人這麼做，失戀呀、失婚呀、失業的或者像你們這樣失去家人的，就拍個影片抒發一下感受，那些網友還會線上回應，很 high 的。

阿大：我們哲哲的死不可以到處講，到處講會有麻煩。

青年二：那麼神祕？甚麼事呀？

阿大：……我留給阿婆親自跟你說。

△ 青年二開始無聊地在屋內走動，他發現地圖、一些路線圖及標記。

青年二：你們計劃去旅行呀？還畫了路線圖 —— 天安門？你們沒去過嗎？那麼近都沒去過？

阿大：嗯，有親戚從鄉下來，想帶他們參觀一下……

△ 說罷隨便拿甚麼遮住那些資料，但已引起青年的興趣。

青年二：喂但是你們的資料沒有 update，你看，這幢已經拆掉了 —— 還有這條路現在已經不通了 —— 都錯！這張是甚麼地圖呀……

阿大：參考而已……參考而已 ——

青年二：1989 年？沒事吧？用一張三十年前的地圖？為甚麼不用網路地圖呀！

阿大：……老太婆你好了沒呀？

青年二：等一下 —— 為甚麼要把保安站做記號？「閉路電視」及「便衣巡邏」範圍？

阿大：你還給我 ——

△ 二人爭執僵持了一會，對看。

青年二：阿伯，你們想去搶劫嗎？

小林：我們不是要去搶劫。

△ 小林上，由於半邊身體麻痺嚴重，開始用拐杖。

阿大：小林你不用跟他說——喂年輕人，拿了書就趕快走吧。

小林：不用擔心，可以讓他知道，這個年代還有興趣讀《河殤》跟《紀實》，我覺得他會明白。

阿大：他不明白——

青年二：明白！為甚麼不明白呢？世上這麼多官商鄉黑、貧富懸殊，我最贊成以暴制暴、劫富濟貧！

小林：果然是同道中人！

青年二：但是天安門的守衛非常森嚴！你們最後的目標是哪邊？有沒有熟人幫你們打點上下？

小林：有，就在最靠近廣場的那間醫院，裡面有個認識的醫生，行動之前那晚我會假裝生病住院！

青年二：天才！虧你想得到！

小林：然後我準備買通廣場的清潔工，半夜當他推車從後門進去的時候，我就帶著工具躲到垃圾桶裡。

青年二：天衣無縫！

小林：你別看我年紀大，反叛起來我也會盡全力的！

青年二：一看就知道你不簡單。看你們這歲數還那麼拼命，為了表示支持，讓我來為你們的行動提供科技支援，但是成功之後要分我三成。

小林：三成？

青年二：不多啊！現在做甚麼都需要科技，通常這一個崗位分到最多，但因為是你們，我敬老！

小林：……為甚麼我聽不懂他在說甚麼？

阿大：因為他根本在胡說八道！走走走！

△ 阿大抽起書就要趕青年二。

青年二：喂喂喂！幹嘛呀？想打發我？沒那麼簡單，我現在甚麼都知道了，你們不給我我的那一份，我就去通報公安！

小林：通報公安？你威脅我們？

青年二：就是這樣！

小林：他不是想幫我們嗎？

△ 稍頓。

小林：還我！你這種人沒有資格碰我哲哲的書！

青年二：這些書可以還給你，但是搶劫的事我不可能當作不知情！

小林：我再說一次，我們不是要去搶劫。

青年二：你偷了保安的換班表、畫了逃走路線你還說不是要去搶劫？

小林：我們不是去搶劫，我們是去祭拜。

青年二：你騙我呀？那裡根本就沒有墓碑！

小林：有，你看不到而已，那裡有好多墓碑，我兒子三十年前就是死在那裡。

△ 靜默，青年再看清楚那些資料。

青年二：……噢，不行，不可以說的。

△ 青年二用各種手勢暗示「六四」，就是不說出來。

小林：你知道六四？之前兩個年輕人都不知道——

青年二：不可以說的，這事不是開玩笑的！

小林：那時你應該還沒出生，你怎麼知道的？你知道些甚麼？

青年二：還不就是那些，軍隊衝到城裡，死了好多人。

小林：……

青年二：老一輩好多人都親眼見過，尤其是住在附近的老街坊，總有一兩個認識的人牽涉其中，不是被公安抓了、就是逃亡了，被單位處分、死了的都有，大家只是不說而已——

小林：不能說，就算是最親近的人都無法說，因為怕牽連、怕秋後算帳！

青年二：不就是，聽說政府就是因為這件事將維穩工作放在國家發展的首要項目——沒有之一。（看著小林）所以你還說要去廣場祭拜兒子？不用想了。

阿大：沒人問你意見！

青年二：我說的是實話，你知道有多少閉路電視盯著廣場嗎？你想在那邊做甚麼？燒衣服？還沒點打火機就有幾十人衝出來了！

小林：他跟你說的話那麼像……是不是你叫他來阻止我的？

阿大：當然不是！

青年二：這三百五十塊我還給你——放心，我不會去通報，我也不想要跟你們有任何瓜葛。

小林：……真的是你給的錢……

阿大：不是的——

小林：……那個是你的兒子，死了三十年都沒人理，我只不過想為他點盞燈帶他回家……

阿大：我是想勸你不要這麼做，但是我沒給錢——哎！

青年二：阿婆，我如果是你就會他媽的放棄，三十年前那個是「反革命暴亂」，國家有責任平定暴動，死了也怪不了誰。

小林：「反革命暴亂」？你聽到的六四是怎樣的？

青年二：不就是有一群學生不想上學，就佔領了廣場幾個月，最後變成暴徒，打家劫舍甚麼都幹，軍隊就進去控制大局……

小林：暴徒會感動那麼多市民支持嗎？暴徒會讓數十萬計的外地學生千里迢迢坐火車到城裡來支援嗎？你知不知道世界各地有多少人可以作證？你有沒有翻牆去看不同的報道？……當年那些學生只不過在廣場靜坐跟唱歌，軍隊為了清場開槍殺平民，還要誣賴他們打家劫舍，我想只有最無恥的政權才敢說這種謊話、最愚蠢的人民才會相信這種謊話……（向阿大）然後你一句話都不敢說，你讓這種謊話繼續講。你讓別人說我們不懂教孩子，讓哲哲被人說是暴徒！

青年二：喂喂喂不要那麼激動……

小林：去到醫院你不出聲、去到公安局你不出聲、去到墳場你不出聲、現在你還是不出聲！你不是很敢言嗎？你為了一隻辣椒都會爭取公理，兒子死得不明不白你就那麼縮頭烏龜？我不會原諒你的阿大！我永遠都不會原諒你！為了你那個弟弟、為了他那份工作，你不讓我替兒子申冤！你不讓我去告政府！

青年二：發神經嗎告政府，哪有那麼容易——

△ 阿大死命盯著青年。

青年二：喂老伯我是在幫你……她跟你說話你瞪我做甚麼……

小林：現在你弟弟平亂有功、升官發財了，你們楊家出了一個幹部、光宗耀祖了！我們呢？我們苟活了一輩子！連光明正大祭拜兒子都不行——哲哲還要被人說是暴徒！

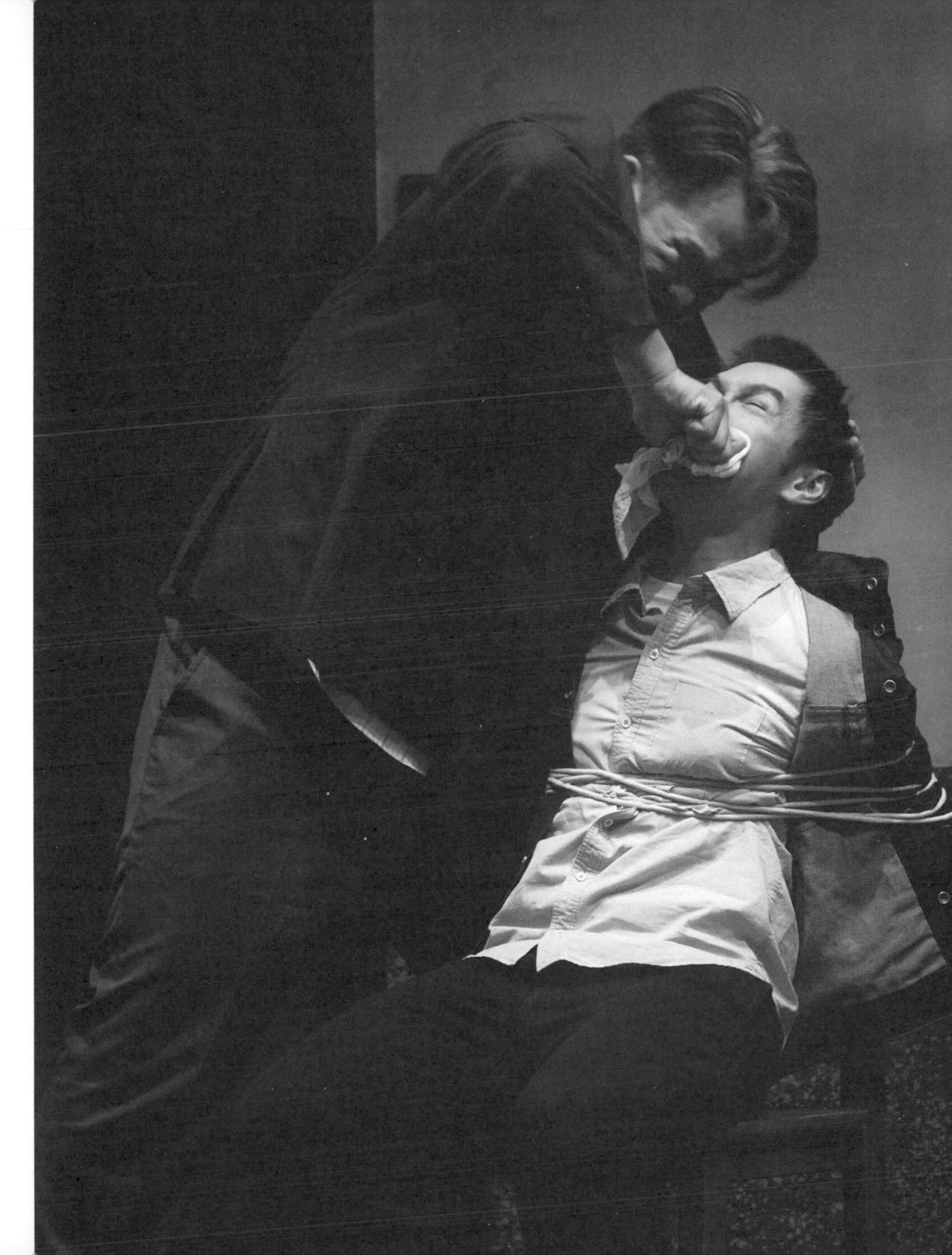

△ 青年見情勢不對，準備離開。

△ 阿大突然把青年壓在椅上，從旁邊取麻繩用力把他綑在椅子。

青年二：喂你想做甚麼？

阿大：說我縮頭烏龜？我現在就做些大事給你看！

青年二：不要呀不關我的事啊——

阿大：反正你就快死了！反正我也快要死了！

青年二：救命呀！殺人呀——

△ 阿大一拳打呆青年，小林也呆住了。

△ 良久。

阿大：老太婆你講得對，我苟活了一輩子。

幾個大時代，我都生存下來了，沒有做過一件傷天害理的事，但是也沒有衝出去說過一句公道話，就是這樣，從小到大我的體型就特別大，但是從小到大我都特別不起眼。

學運初期我有去廣場，不是去工作，我把計程車停在一邊看熱鬧。廣場上面其實不只學生，還有好多工人、街坊、記者、義工……他們男女老幼，圍成不同圓圈議論國事，說真的我不明白，有甚麼好討論的呢？要談到日以繼夜。他們不是以為這樣講講就可以改變上面吧？我從未見過赤誠可以打動權貴……回家之後聽哲哲講我才知道，原來不只有大學生，還有好多高中生也非常熱切，哲哲有幾個同學就整天到廣場，幫忙做糾察隊幫忙維持秩序，我跟哲哲說，冷靜點、看清楚點……哲哲引經據典跟我說了好多事，是甚麼呢？我真的不記得了，就算記得我也沒有辦法重述，我只是隱約有點擔心，他已經不是一個小孩……後來有人跟我說，原來哲哲曾經在廣場上代表高中生發言，我覺得很搞笑，可能曾經有一刻，在同一個廣場上，有一個老爸努力旁觀，可他的兒子，就站在風高浪急的講台上鏗鏘發言，三十年來我常常想起這一幕……

到了那一晚，有人說軍隊會開槍，流言四起，沒人相信，但是我信，哲哲答應留在家裡，小林看著他，我想開車出去看一下，不是想做生意，而是有種不安的感覺。但是好多路都封了，我兜來轉去都開不到廣場，心想算了不要浪費汽油了。回到家已經凌晨，看到幾個人像瘋了一樣按著小林，原來哲哲留下一封信爬窗走了……我趕緊叫街坊看著小林自己再開車出去找，這次出去已經看到有人邊跑邊尖叫……那晚是怎樣度過的？我聽著槍聲、警報聲、廣播聲……最後我覺得要找我弟弟幫忙，我們已經好久沒有聯絡，但是我覺得這次一定要找他，因為只有他才有特權，在這個時候，只有幹部級人馬才有特權在公安局或者醫院裡面救走一個學生。

△ 燈滅。

——第四場——

時間：1989 年、現在

地點：首都民居

人物：阿大、小林、阿平

△ 黑暗中傳來尖叫聲、掙扎聲，非常猛烈，持續了好些時間。

△ 一陣被制伏的靜默。這時傳來拍門聲，非常急促。

△ 燈亮，三十年前，中年小林被綁在椅子上，這時她的嘴已塞上毛巾，阿大在綁她那激烈反抗的雙腿。

阿大：（被那不斷的拍門聲搞煩了）嘖！

△ 阿大走出去開門，不一會，弟弟阿平衝進來。

阿平：（畫外音）阿大！出事了……大嫂去了隔壁市通報公安，剛剛上頭派人來辦公室找我——

△ 阿平進來見到被綁的小林，小林也因為他在而平靜了。

阿平：發生甚麼事了？

阿大：她死都要去申訴，說要告政府，說這個市的公安廳不受理就去另一個……

阿平：唉大嫂，你去到哪個廳都不會有人敢受理的……但是你也不可以這樣綁著她——

阿大：先不要放開她，讓我休息一下，今天開了好遠的車出城接她，回程還要一邊開車一邊按著她，累死了！

阿平：為甚麼不找我幫忙？我可以派車跟你一起去啊！

阿大：不想嚇到你。結果還是麻煩到你。

阿平：有甚麼麻煩不麻煩的……現在沒法再瞞了，周圍都在抓捕逃犯。上頭還算是照顧我，只是暗示我出了狀況，叫我好好關心一下家人。

阿大：甚麼意思？上面知道我們是死難者家屬嗎？

阿平：我沒有承認，當然死都不認！認了就麻煩，我只說我大嫂也在差不多同樣的時間死了兒子，錯亂了，我侄子是交通意外死的，不是廣場上的學生……

△ 阿大低下頭，不知是喜是悲。

阿平：好險是我先找到哲哲的，如果當時醫院掛了「暴徒」的牌子上去，那就一輩子了。

阿大：人死都死了，有甚麼一輩子不一輩子的。

阿平：不是他的一輩子，是我們的一輩子！

△ 稍頓。

阿大：別再說了，我倒杯茶給你。

阿平：不要茶，要水，要冰水。

今年好像比前幾年熱，你不覺得嗎？那天跑了幾個單位想買瓶冷飲喝，才發現好多店都還關著門，也不知道要何時才會恢復正常……

△ 阿平蹲在小林旁。

阿平：大嫂，我知道你吞不下這口氣，但是沒辦法，廣場上面這麼多人搞了這麼久結果還不是一樣，這是……一顆頑石，你去推它反而會被它壓死……都一個月了，你不照顧自己，也要照顧一下大哥，他又肥、血壓又高，大熱天忙來忙去，會爆血管的。

阿大：水。

△ 阿平幾乎嗆到。

阿平：喂這是熱水！

阿大：沒有冰塊，要不就熱水要不就喝自來水。

阿平：連冰塊都沒有？

△ 阿平去打開電冰箱。

阿平：哇你在搞甚麼？整個冰箱都是空的？

阿大：有甚麼辦法呢，哲哲走了之後她就變成這樣，我這個月都沒去工作，今天早上看到她吃了藥睡得熟，想說趕快出去賺點錢，然後就出事了。

阿平：整個月都沒賺錢？這怎麼行呀——

△ 阿平準備拿錢包。

阿大：錢夠用！不是錢的問題。

阿平：那也要吃東西啊？冰箱這麼空你吃甚麼？

阿大：我有拜託隔壁鄰居出去買，沒事……況且她也吃得不多。

△ 阿大顯得悵然若失。

阿平：喂不要這樣！打起精神！現在只剩你們兩個，更要照顧好身體——我叫阿紅明天買東西上來煮，吃不下外面的，阿紅煮的她就會吃了。

阿大：不要麻煩阿紅！

阿平：兩兄弟客氣甚麼？我常常跟他們母子講，當初如果不是大伯供我讀書就沒有今天的我，他們明白，也都很感恩、很想幫忙的！

阿大：對了，一輝他找到學校了沒？

阿平：搞定了！最後找到了關鍵人物，拜託別人送了好多禮物終於搞定了……

△ 這話刺痛了小林。

阿平：不過一輝現在在鄉下， 全市的學校今年都提早放暑假，他媽怕他跟著那些太子黨學壞，寧願先送他回鄉下。這個敗家子，不學無術……（見小林看著自己）對了大嫂，過了暑假你的侄子就要上大學了！我跟你說，不要傷心，以後把一輝當作你的親生兒子，我會叫一輝也孝順你們兩個！

△ 小林含糊說話。

阿平：甚麼？

△ 小林再含糊說話。

阿平：他說甚麼呀？

阿大：他說哲哲還在的話明年也上大學。

阿平：這樣你也聽得到！

△ 小林再含糊說話。

阿平：他又說甚麼呀？

△ 稍頓。

阿大：她說恭喜你。

阿平：不對⋯⋯

△ 小林再含糊說話，阿平看著阿大。

阿大：你不用理她。

△ 阿大明顯不想解說，轉身放好水杯時阿平鬆了小林口中毛巾。

阿大：喂——

小林：我恭喜你媽的你們這群無惡不作喪盡天良的狗官！除了貪污斂財欺壓百姓你們會甚麼呀？還不就是搞關係跟走後門！你千萬不要帶你老婆來！她煮的東西只會讓我更加反胃！還有你那個垃圾兒子！千萬不要讓他來我這裡，免得到時候整間屋子發臭你們走了之後我還要大掃除！

△ 小林向阿平吐口水。

阿平：哇她真的有點問題——

小林：還敢叫你兒子來孝順我，你真的嫌我不夠傷心！你覺得你那個垃圾可以取代我兒子？你有病！我的哲哲從小到大都不需要我操心，如果我幫他走後門他還會罵我！你知道為甚麼嗎？因為他是一個有廉恥心、有尊嚴的孩子！

阿大：小林——

阿平：放心，大嫂只是太傷心，我不會怪她……

小林：我的哲哲更不會跟甚麼太子黨混在一起，他最瞧不起你們這種貪污濫權的幹部！

所以你們才會殺了他！因為你們怕他！但是為甚麼老天爺也這樣做呢？為甚麼要犧牲那麼好的人，留下像你們這樣的垃圾來丟人現眼、腐蝕社會呢⋯⋯

阿平：大嫂講話不要太過分，我也是一片好心——

小林：哪來的好心！

阿平：哲哲是我的侄子啊！那天晚上我跑了很多的醫院跟拘留所！要不是我？哲哲躺在停屍間多久也沒人理——

小林：要不是你，哲哲怎會死得不明不白！

阿平：喂你搞清楚，不是我打死哲哲的！

小林：但是是你叫阿大否認他是死難者、你不讓我們去追究，你怕這件事牽連到你，你叫阿大隨便拍幾張照片向我交代然後就把哲哲處理掉——軍隊濫殺無辜呀你知道嗎！他們殺了我的孩子——

△ 阿平想把毛巾塞回去時被小林狠狠咬了一口。

阿平：哎呀！

小林：我跟你有甚麼血海深仇？連我孩子的最後一面都不讓我見！

阿大：小林！你瘋夠了沒！

阿平：阿大你真的要把她綁起來，她精神錯亂了——

△ 阿大上前。

小林：你再塞住我嘴巴？你走過來我就咬舌自盡！

△ 阿大卻步。

小林：外面已經不能講，在家都不可以說真話我寧願死！

△ 頓。

小林：我等了十天。你們說不要打草驚蛇，怕驚動戒嚴部隊萬一找到哲哲會連累他被判刑。我相信你們，這十天我不眠不休的等待，我聽你們的話，留在社區，盡量不去廣場附近露臉，我不跟其他人交流，不讓別人知道我們家出了事，我還特地洗了哲哲的衣服晾出去，我收好哲哲的行李準備他一回來就送他回鄉下……誰知道，我等到的只是幾張遺照，冷冰冰，有哲哲的輪廓但是沒有他的溫度，我連他哪裡受傷死因是甚麼都不知道！這是我的基本權利！作為一個媽媽！生要見人死要見屍是我的權利！為甚麼你們可以這麼殘忍？……現在一切都過去了，我連控訴的證據都沒有，你們把我變成一個懦弱的母親、沉默的難屬，但是我沒放下過，每一天我都記得，我跟你之間有一道不可瓦解的牆，我跟國家之間有筆未算清楚的帳。

阿大：對不起呀老太婆，我當時也六神無主⋯⋯

△ 阿大蹲在小林旁邊，慢慢為她解開身上的結。

阿大：那個房間裡面到處都是屍體，哲哲就這樣躺在那裡，他的眼睛還沒有閉上，整張臉整個脖子都是血，我也不知道那些是他的血還是其他屍體的血，我只知道，我不可以讓你看到這樣的他，我當下想的不是哲哲，我只是想，完了，小林看到這個情景一定會瘋掉——然後我聽到有個穿制服的人說，暴徒要做紀錄，不是暴徒的就可以馬上領走，我沒有想過那麼多公平正義的問題，我只是想趕快把哲哲擦乾淨，不要讓你看到他那個模樣⋯⋯但是，我沒有辦法，他們說那種叫做達姆彈，子彈從背後射進去，在哲哲的胸前爆了一個擴張型的大洞，我不知道要怎麼擦乾淨，比起他削瘦的胸口，那個洞實在太大了。然後我回到家，你又充滿希望的走過來，小林，我沒有勇氣，我這輩子都是懦夫，但是我不是貪生怕死，我怕你傷心我怕你憤怒，我怕在這個極權下我無法保護你，我怕我連你都會失去了⋯⋯

△ 此時阿平已消失，時光慢慢回到現在。

△ 小林手腳的束縛已撤去，但卻換上了老病的束縛，比起上場，她身體又弱了許多。

阿大：……對不起啊老太婆，我應該讓你跟哲哲好好告別，我應該讓你為他好好抗爭。我應該知道，從那時開始，我們的人生已經無法恢復正常。

△ 燈滅。

── 第五場 ──

時間：現在

地點：首都民居

人物：阿大、小林、阿平

△ 燈亮，與上場一個模樣，小林的頭卻歪向一邊，了無生氣。

△ 阿大在熱烈地向她展示一切，希望提昇她的生存意志。

阿大：登登！就是這張！看到我嗎？喂你在看哪？這裡呀！

△ 小林不耐煩地別過臉來，看了一眼，又轉過去。

阿大：你怎麼這樣啊，一點都不興奮？

小林：有甚麼值得興奮？

阿大：工作證啊！字太小你看不到嗎──「天安門廣場清潔小隊」。

小林：你做清潔工嗎？我還以為你開車的。

阿大：我開車，不過我想，與其買通清潔工，不如我自己申請去做？到時候我就跟守衛說上一班漏了些收尾工作，叫我早點進去幫忙，然後就神不知鬼不覺把你運進去，聰明吧？

小林：把我運進去也沒用，我現在已經走不動了，都還沒到五月，我已經走不動了。

阿大：走不動又怎樣，坐輪椅啊我推你進去！

小林：……不用了，亂七八糟的，途中要拉屎拉尿那就麻煩了！

阿大：有多麻煩呢——

小林：你當然不懂啊，拉完屎拿走尿袋就好，我要人扶上扶下。一躲就要躲幾個小時，到時候被抓又逃不掉，自討苦吃。

阿大：本來就逃不掉，還講咧……你又怎麼了？

小林：聽說如果醫生說還有 3 個月就是還有 6 個月，如果說還有 6 個月就還有 1 年，讓病人和家屬覺得自己賺到了。我覺得我們那個醫生很老實，我應該還沒有到六月就掛了。

阿大：你別亂說！整天講不吉利的話！你想臨陣脫逃吧？我已經安排好所有的事，連工作都特地去找了，你不要想著臨陣脫逃啊。

△ 小林情緒低落。

阿大：喂我們很久沒有看哲哲小時候的照片了，我拿出來一起看吧，平常你心情不好一看他的照片就會高興——

小林：不看了，看綜藝節目，開電視吧。

阿大：有甚麼好看的，你平常最討厭看綜藝節目……要不然我們再預習一下去醫院的對白，平時你甚麼都比我厲害，但是一講到演戲我覺得你沒有我自然——

小林：阿大，我想我真的撐不到六月。

△ 稍頓。

小林：我覺得很不舒服。

阿大：你哪裡不舒服呀？不舒服你又不說？來，我送你去醫院——

小林：沒用的阿大，這兩個月我們已經去了無數次，他們只能把我送去安寧病房，甚麼都幫不上忙。

阿大：那……

小林：我這兩天真的覺得沒辦法再撐下去了，我的腳好麻好痛，這種病痛蠶食著我的意志……我開始想……我是不是應該早點走呢——

阿大：不要這樣想呀小林！哲哲等著我們呢，你如果痛的話我去問醫生可不可以讓你多吃一點止痛藥——還是打嗎啡？總有方法的！撐多一天是一天！

△ 小林再次把臉別過去。

阿大：為了哲哲我們一定要堅持下去，你說得對，我們辜負他三十年了，是時候為他做些事情了……喂喂喂，你不是說哲哲在等我們去接他嗎？記不記得有一次你比較晚去幼稚園接他，你說他坐在凳子上看著門口可憐兮兮的？

△ 小林立即想起。

阿大：對呀，不要放棄呀！他可能就坐在其中一個石階上等著我們……發生那件事之後我們沒有再去過廣場，頭幾年開車我都繞其他路走，客人以為我兜路要我算便宜才肯放過……今天我去那兒面試，其實也沒有怎麼樣，只是一個廣場，你想像上面死過好多人，那裡就變得好恐怖；你想像曾經有一大群躊躇滿志的年輕人，那裡又變得很美好；我們應該去祭拜一下，我們老了，甚麼都不怕。

小林：但是你以後要怎麼辦呀？

阿大：甚麼怎麼辦？

小林：我這兩天不斷地想，就算我真的可以撐到六月、我們做了應該做的事，那你要怎麼辦？我很快就掰掰了，你呢？

阿大：哇你現在才擔心這個啊？

小林：不，我一直都擔心著。

阿大：我以為你的腦袋只裝哲哲呢。

小林：怎麼會呢。

阿大：好啊，那你說，你原本想著要怎麼拯救我？要先請好律師還是做甚麼啊？

小林：我原本想著行動當晚先在晚餐裡面下藥，等你睡著之後我就把你五花大綁，然後帶著東西直接去廣場，行動之前打電話給你弟弟叫他來幫你鬆綁。

△ 稍頓。

小林：但是沒辦法了，我只知道我會死，我不知道我會先走不動。

阿大：原來你一直都想甩了我……難怪不能走路之後你就甚麼都不想做了。

小林：不應該連累你的，我快走了，可是你不——

阿大：我也不會活很久呀——

小林：但是哲哲不會想——

阿大：甚麼呀？哲哲不會想見到我？哲哲也有我一份，為甚麼你不讓我一起去？為甚麼你不給我機會補償？

小林：不要那麼生氣啦，血管都要爆了，到時候不知道是誰推誰。

阿大：那就兩台電動輪椅綁在一起，比較厲害的那個負責控制，總之無論如何，不到廣場誓不罷休！（苦笑，靜默）

小林：沒辦法啦，現在就算再怎麼不情願都要靠你了。

△ 稍頓。

小林：但是都要先預想一下，我們被人抓到之後。

阿大：我並沒有想得很遠，只是想到被人壓倒制服的當下。

小林：是嗎？那你想了甚麼？

阿大：可能我會喊幾句口號吧。

小林：神經，沒有人會聽到。

阿大：你去那裡燒衣服點燈也不會有人看到啦。

小林：才不是，我原先準備把整個過程都放在網路上直播，然後點燈不是普通蠟燭而是點天燈……

阿大：哇你自己要怎麼做那麼多事情呀！

小林：你手腳慢吞吞，跟你一起才做不到。

阿大：說甚麼啊，你要天燈我去準備囉……

小林：開玩笑的，你跟我說，你想著被人制服當下你要喊些甚麼？不要喊平反六四那些呀，專制政權沒資格平反我的哲哲！

阿大：那我就喊：「我愛小林！」「我愛哲哲！」

小林：平庸。我當年怎麼會嫁給你呢。

阿大：那你說，應該喊些甚麼？

△ 長停頓。

小林：你對，就是應該要喊「我愛我的家人」，那群下三濫把他們亂槍射死，把他們視如草芥，那可是活生生、我們愛過的人，沒有一個交代、沒有一句道歉，只有最極權的獨裁者才會這樣對他們的人民，我不會尊重這個政府，我這一輩子，只會愛我的家人，就算所有人當哲哲只是一個數字，我們也不可以當他是一個數字。

△ 稍頓。

阿大：好，到時候我就這麼喊。

△ 小林情深地看著他。

小林：那你就喊囉。

△ 自此這對老夫妻的隔膜已打破。

△ 傳來敲門聲。

阿大：是誰啊，這麼晚了？

小林：小心點，先看一下。

△ 阿大前往應門，急忙折返。

阿大：是阿平呀！

小林：阿平？為甚麼他會突然上來呢？

阿大：我也不知道……

小林：先把這些東西收起來！

△ 阿大慌張地把行動的一切收好。

△ 確保一切安全後他前往開門。

△ 未幾，年老的阿平上。

阿平：嗨，大嫂！

小林：甚麼風把你吹來了，官愈做愈大，很久都沒聽到你的消息了，是不是聽到我快死了，所以良心發現來看一下我呀？

阿平：有聽說你生病了，不過講話還是這麼刻薄，應該還可以活很久？

小林：過了六四，過了我兒子的死忌我就放心走了。

阿大：你坐坐就回去吧，你大嫂要休息──

阿平：為甚麼過了六四就放心走？你們是不是想要做甚麼呀？

△ 兩老先是訝異，然而小林立即反應過來。

小林：可以做點甚麼呀？你沒看到我已經癱瘓了嗎？我已經走不動了，還可以做甚麼呢？

阿平：我不知道，有些事情就算走不動也可以做啊，譬如說寫文章、接受訪問呀。

阿大：你想說甚麼？

阿平：今年是三十周年，上頭很重視這件事，現在國家非常的繁榮，不容許任何抹黑——

小林：你說夠了沒？三十年前在這個家庭你已經幫你的黨擦乾淨了，你現在還要來說風涼話？

阿大：夠了阿平——

阿平：擦乾淨就好，我就是怕擦不乾淨。你也知道，很多滋事分子、他媽媽的組織呀，最喜歡利用這個時候刷存在感，所以上頭派我這兩個月好好盯著她們⋯⋯

△ 阿平緩緩地在屋內巡察。

阿平：那天我看到一個訪客 IP 非常熟悉——我們不會放過任何可疑的線索——我查了一下，果然是來自這個地址——

小林：你真無恥！竟然監視我們！

阿平：履行職務也叫無恥？愛國也叫無恥？如果你不是病成這樣我一定請你去上國情班。

阿大：你給我滾——馬上！

阿平：我看你們最近喜歡在網路上跟年輕人搭訕，所以我就去找那些年輕人聊聊——原來你把哲哲的遺物送了出去，一早送出去你就不用那麼執著啦……那些年輕人也沒講甚麼，雖然有一個明顯比較慌張。

阿大：那你可以走了吧——

阿平：我想說，有些網站不要那麼常上去，以免惹人誤會，敏感的時間也不要到處走，上頭不知道你們是難屬，我知道，於公於私我都要提醒你，尤其你的侄子等著升職，各方面都不容有失。

△ 阿平正要離開，拾起地上的工作證。

阿平：你轉行了？

△ 頓。

阿大：眼睛不好，無法開車了。

阿平：那也不用做清潔工啊……你年紀已經不小了，要有心理準備，那些人喜歡隨地吐痰跟到處亂尿，寫再多的標語都沒用……我們國家距離文明，還很遠。

△ 阿平開步離開。

小林：你知不知道最搞笑的是甚麼呀阿平？

△ 阿平停步。

小林：中國官員私底下對國家的評價，其實也很中肯。

△ 阿平沒有反應，轉身離開。

△ 阿大跟小林擊掌（high-five）。

△ 燈滅。

── 第六場 ──

時間：現在

地點：首都民居

人物：阿大、小林、陌生人

△ 燈亮，小林平躺在廳中，身上蓋著棉被。

△ 阿大在講電話的聲音，他似乎是一邊講一邊整理東西。

阿大：（畫外音）已經打了針，剛剛她很不舒服的時候我幫她打了……現在睡著了……我其實想問，你們還有沒有甚麼可以幫她再撐幾個小時，譬如說……強心針？有這樣的東西嗎……唉跟你講都沒屁用，我不是跟你說了嗎，她不想回醫院，她只是想要清醒幾個小時去做一些重要的事──

△ 小林突然驚醒。

小林：好冷啊！阿大！還是好冷啊！

阿大：她叫我了！我等一下再跟你說！

△ 阿大掛上電話將衣物送到小林跟前。

小林：把窗戶關上啊阿大，暖爐開大一點，我從心裡面冷了出來，腳好像結冰一樣……

△ 阿大扶起小林急忙為她穿衣服。

阿大：很快很快，等一下就暖了！

小林：今天是幾號？還有多久才到六月四號呀？

阿大：今天……今天不就是六月四號，是今天呀，剛剛過了 12 點，你撐到啦老太婆！

小林：我撐到了？今天就是六月四號？

阿大：對啊！我們可以去看哲哲了……（指著輪椅上的袋子）你看，我所有的東西都準備好了，連車子都已經停在後街，等你睡醒而已……小林，我們今晚行動，行動完你就安心上路，我不忍心再留著你了……

小林：那我得先換衣服……

阿大：換衣服？

小林：哲哲最喜歡我穿那件紅色外套，他成天叫我穿去學校接他，說遠遠的就看到我來……

阿大：……好，我等一下去找。

小林：還有那台小巴……

阿大：甚麼？

小林：是我姑姑從香港帶來的那台玩具車呀，他很喜歡，成天要我放在袋子裡，一放學就衝過來找呀找……

阿大：小林，你知道我們要去哪裡嗎？

小林：畢業典禮啊，哲哲要上台領優秀學生獎。

阿大：……

小林：所以我才叫你請假囉，錢甚麼時候都能賺，要關心孩子的事，他才會知道我們愛他。

△ 頓。阿大看著小林的臉，有一刻想讓她放下，然後又清醒過來。

阿大：不可以啊小林，每個人都想擦掉這件事，我們自己不可以忘記——小林，三十年前哲哲在廣場被戒嚴部隊打死，他們那一群手無寸鐵的學生都被軍人打死了，我們今晚要去祭拜他們，去跟他們說我們還記得……

小林：我們還記得？

阿大：沒錯，多老都不會忘記，就算病得再重都要去完成。

小林：完成……

阿大：你的心願……

小林：你真好……那不要再講了，我們走吧——

△ 小林發現自己不能走動，她因為忘記所以顯得錯愕。

阿大：不要怕，上戰車，我推你去！

小林：好啊！

△ 阿大把穿好暖衣的小林抱上輪椅。

小林：你力氣好大喔！

阿大：你當年不就是這樣被我抱走了嗎。一大群年輕的男女在堤防上玩，走時我把手伸向你，你以為我要扶你，誰知道我一手把你拉下來抱住你。

小林：嚇死人！

阿大：你後來不是這樣講的！

小林：那我怎麼說？

阿大：你說「帥死人」！

小林：你亂說！

△ 這時阿大已準備好一切要出門。

小林：我們要去哪裡呀？

△ 稍頓。

阿大：去了你就知道囉……

△ 阿大將輪椅駛近大門，自己先行前去開門。

△ 未幾，他退回來，一個陌生人步步進迫。

阿大：你哪位？

陌生人：國家安全部。

阿大：……要做甚麼？

陌生人：請你收幾件行李，國家想請你去旅遊。

阿大：去你媽的！

陌生人：不要說髒話。

阿大：我犯了甚麼罪嗎？

陌生人：犯罪就是送你去坐牢而不是去旅遊啦。

阿大：如果我不想去呢？

△ 稍頓。

陌生人：那你就會「被旅遊」。

△ 稍頓。

阿大：等一下，我要打電話給我弟弟——

陌生人：不用了，他前幾天被揭發協助國民以不法手段移民美國，現在已被扣押。沒人幫得了你，收拾行李！

阿大：你沒看到我老婆病得很重嗎！沿途死了是誰負責？

陌生人：所以她不會去。

△ 陌生人將小林推開，阿大急了。

阿大：甚麼？你們有沒有人性啊，她現在沒有能力照顧自己，我走了她會死的！

陌生人：放心！國家很慷慨，醫療隊已經在外面等著接替你，你離開的這段時間我們會幫你好好看著她，坦白說，一定比你專業。

阿大：要去多久。

陌生人：過了敏感時期就可以回來。

阿大：如果我不走呢？

陌生人：何必呢？你明知反抗也沒用，別嚇壞她老人家。

△ 阿大看一看小林，深深地歎了口氣。

阿大：那我可不可以跟她說兩句？她這麼虛弱不知道我這一去回來還能看到她嗎？

陌生人：說吧。

阿大：我不想在你面前說！隱私呀！情到濃時我們可能會熱吻呀——

陌生人：好吧 5 分鐘，5 分鐘後沒有見到你，衝鋒隊就會破門而入。

△ 陌生人下。

△ 阿大蹲在輪椅旁。

阿大：小林你聽著。

我不會跟他們去甚麼旅遊，我不會幫他們粉飾太平。等一下我就會從睡房的窗戶爬出去，然後從後街開車直接去廣場，對不起我沒辦法帶你去，但是你可以想像，你要記住我一定會到廣場為我們的孩子點起蠟燭，我一定做得到，就算失去性命我也會做到！然後我們在另外一個世界再見，我們在那個更美好的世界再見，你跟我跟哲哲，記得要找我！記得要想像！

△ 阿大在小林的額前深深一吻，然後拿起輪椅上的袋子便走，一切是那麼安靜。

小林：我要想像甚麼？

童年時代的赤貧，青年時代的動盪，成年時代上山下鄉，中年時代為家庭庸庸碌碌，到最後，甚麼都沒了……

△ 遠處傳來公安的喧鬧，可能是發現阿大逃走了。

小林：不是……不是這些，阿大要我想像……

△ 開始有警車聲、警報聲，但小林不想想這些，她努力地往好處幻想，所以危險的聲音又退下。

小林：我想像這是一個沒有監控的國度。沒有公安在外面等著阿大、沒有巡邏車會攔截他，阿大由長安街長驅直入，由正門走進天安門，那裡沒有守衛、沒有安檢，是真正屬於人民的廣場。

我想像阿大自由的在大街上走，在石板鋪成的廣場上面盡情為哲哲痛哭 —— 我多想跟他一起去，去那裡流光我人生最後的眼淚……我們去目擊者見到哲哲倒下來的燈柱，檢查一下還有沒有子彈劃過的痕跡；去坦克車輾過的石板路，看還能不能找到當年的碎片……這裡千秋萬代，無數叱咤風雲的領袖在此接受膜拜，但是沒有一個為人民帶來真正的幸福和平安，我們的兒子爭取過，沒有成功，但是他們爭取過……

我想像阿大在廣場上劃一下火柴、點起第一枝蠟燭，我想像廣場先刮起一陣風，然後慢慢凝聚力量；阿大再點一枝，這次風勢更加明顯；阿大於是點最後一枝……

△ 小林脫離了人生的枷鎖。

小林：被超渡的是我，我被他的愛牽引到廣場，終於不需要靠幻想，我見到廣場的孤獨，三枝蠟燭跟一個老人。三十年，生死兩茫茫，在生的人忘記，往生者不知去向，我身處的，是時代的孤寂……

△ 一個年輕人從房間慢慢走出來，對著小林微笑。

△ 一陣靜默之後，傳來不知名的歌聲，很輕很輕。

△ 這歌聲慢慢有人附和，是其他年輕人，他們唱著歌從四方靠攏過來，慢慢包圍小林。

△ 小林緩緩走向年輕人，似乎要隨他們步向永寂。

△ 這時，其中一個青年發出了一聲透徹心扉的吶喊。靜默。劃破靜默的是另一聲吶喊，慢慢又凝聚成一股力量，如是，其他青年人猛烈附和著，就像不甘被鎮壓的靈魂，開始激烈地咆哮和躍動，傾盡全力，要在世的人記住那不滅的火，要在世的人勇敢去衝破自己身處的籠牢。

～全劇完～

May 35th

（英語劇本）

Written by Candace Chong Mui Ngam

List of characters (in order of appearance)
Siu Lum
Ah Dai
Young man 1
Young man 2
Ah Ping
Stranger
Souls of the Dead

——SCENE ONE——

(A house in the capital city, plainly furnished. Except for the stack of medicine that has occupied one whole corner, the place is quite empty. There are no religious icons, no photographs. It is a family without faith or root, all it has is a securely locked room.)

(Curtain rises, lights up. The sound of the main door opening. Siu Lum walks in first. Audience now hear someone yelling outside the door.)

Ah Dai: (Offstage) ...You try shoving it over here again, I promise I'll throw it out. Fuck you! You'd really think I'm blind if I don't speak up!

(Siu Lum stays calm. She heads straight to the medicine corner to put down the new pills, and takes the chance to have a look at the wall calendar.)

Ah Dai: (Offstage) ...How many times have I warned you? Tell me! We each have our own space, and you have to encroach into ours. What? So you gonna eat up my space bit by bit if I keep my mouth shut? Wanna have my whole house? Fancy taking my life next, eh?

(Siu Lum counting in a low murmur.)

Ah Dai: (Offstage) ...Fuck you, you shameless! I'll fix a rope right here, see it now? You dare cross that line, I'm sure to break your leg!

(Door slams violently and Ah Dai appears.)

Ah Dai: Rubbish!

(The two stare at each other. Slight pause.)

(Siu Lum remembers something and goes fetch it. There is nothing Ah Dai could intervene now.)

Ah Dai: He's moved his new shoe rack into our space, half an inch a day, thought I wouldn't notice. But I measure it every day! Last time, he moved two pots of chilli peppers over, claimed the sun's better on our side, and said he'd save me some nice ones when they're ready. So he did, two bare dead plants he left me, and with bugs growing on them in the end. (Facing the neighbour's direction) I shouldn't have helped him take those pots to the trash dump! I should have tossed the mud on his head right in his flat! What a damned selfish man, won't you say?

Siu Lum: Stop making a fuss, old grump, watch your blood pressure.

Ah Dai: This is the so-called 'national quality', aren't you afraid? The poor are nasty, the rich malevolent, and the hypocrites mostly intellectuals. What we have next door is a classic. Calls himself a teacher at an elite secondary school. I doubt his students can learn anything from him but 'say one thing and do another'!

Siu Lum: You haven't even stomached the chilli and you're all fired up.

Ah Dai: You really think this is about the chilli peppers? They say they see a world in a grain of sand, I see a nation in a chilli. Why on earth did he grow them? Because the news was going around that the chillies were poisonous. So much in the market is fake and toxic, who isn't betting on his luck? But we have offered him the pork from our hometown when there was swine flu, and now he's grown himself some poison-less chillies and he wouldn't share, how cruel! Everyone's just out for himself! Even if he doesn't take pity on us two childless elderly, he should at least have considered that we offered him the space for growing his chillies.

Siu Lum: Perhaps he knew you had a colon cancer operation last year and shouldn't be eating spices?

Ah Dai: You love singing a different tune, don't you? I'm talking about the deterioration of our national quality! I'm talking about how, in this age, universal love is all empty talk and justice is only ever mentioned if YOU are the one taken advantage of! If things go on like this, what will become of our country, eh? What would be the future?

Siu Lum: That wouldn't be our business, would it? We don't have that many years ahead.

(Silence. Ah Dai observed for a while.)

Ah Dai: Why are you buzzing about? Go get some rest.

Siu Lum: I want to check how many pouches you have left.

Ah Dai: There's still an entire box, about a dozen.

Siu Lum: Only a dozen... no, I'll order you a few more boxes.

Ah Dai: Why so many? I only have one asshole.

Siu Lum: I guess I'll order a few more and help you trim them in advance. Your petite eyes, they can't see clearly, so you always cut too big a hole. You must trim it to exactly the right size, or your skin will rot if shit's stuck on it.

(Siu Lum flips up his shirt, revealing a pouch attached to his side.)

Siu Lum: How long have you been using this one? Your skin will also rot if you don't change it regularly.

Ah Dai: Well, let it rot then. It's even better if I die.

Siu Lum: Don't. The doctor said if you take good care of yourself, the survival rate is high... Let me trim a few more boxes for you, at least to last till I go. It's not for you, I just want to go without any worry.

(Counting the pouches.)

There are fifteen here. You're replacing one every three days, so that's enough for a month and a half. The doctor said I still have another three months. That means we must buy at least fifteen more. The funeral and burial may drag on for a bit, so four boxes should safely cover it.

Ah Dai: Four boxes...

Siu Lum Not enough?

Ah Dai: Why do you act like you're really dying soon? I won't take him seriously. Maybe the doctor's wrong. Maybe he wants to con us out of our pockets.

Siu Lum: If you won't believe the doctor, you should at least trust the scans. I've had dozens taken from every angle. It's my brain. It's my tumour. Get over it!

Ah Dai: What's there to get over with? I got sick first!

Siu Lum: Well, whoever hits a home run first.

Ah Dai: That doctor is useless. He said your case is hopeless doesn't mean others can't help. Siu Lum, let's try qigong therapy. I've read it online that —

Siu Lum: Oh don't bother! Nothing is of any use now! Just save you that money, and save me some integrity, and we'll all save some time for what really matters.

(Siu Lum continues to move around in the house.)

Siu Lum: Look, there are two insurance policies on the cupboard, premiums have been paid for many years. I bought them after Chit left. When I'm gone, the insurance and our savings should last you through your final years, so please don't drive long-distance from now on. When needs be, just remortgage the flat, well, who are we keeping it for? I have kept the deed under the bed, along with some gold jewellery the relatives gave me when I married you, just bits and bobs. They won't worth much, but it's better than just leaving them there for someone to walk off with them — Oh right, let me tell you a secret. I'm always worried that I'll forget to get cash, so I've stuffed money in different corners. Do you want me to spell them all out for you, or you'd enjoy a little treasure hunt?

Ah Dai: How can you be so calm?

Siu Lum: What's there to be emotional about? A couple of this age, one of us is bound to go first, either you or me.

Ah Dai: But it makes no sense that you just come home, and start buying me stoma pouches and stuffing money in my face.

Siu Lum: Don't you worry. Once your stuff is settled, I'll tend to mine... Right, I'll copy all the phone numbers on a sheet of paper later on. The numbers for buying pouches, car maintenance, Internet service, emergency numbers for the phone, and your few relatives that hardly get in touch. You do have these numbers stored in your mobile already, but, you know, you're always outwitted by the smartphones. No one is there to help you when I'm gone, so it's safest to copy them down black and white. That calendar needs changing too, it has your appointments and my appointments and all the medical check-up dates all over the place, I will copy another one with just yours on —

(Ah Dai pulls Siu Lum to sit.)

Ah Dai: Siu Lum, sit down, sit down... I'm really afraid, I'm not ready for this. It was just your feet going a bit numb, how, how could it be so serious?

Siu Lum: Ah Dai—

Ah Dai: No. I didn't quite understand what the doctor was saying just now. No, no, my ears were ringing when he spoke, I could barely catch what he said, why don't we go and see...

Siu Lum: Ah Dai, you heard it. The doctor said I have brain cancer and it has spread all over. I have only three months left.

(Long pause.)

Siu Lum: It's fate. I've been strong as an ox all along and almost never sick. Last year, when the insurance company treated me to a free body check, I thought, it would nice to give it a go coz it's for free anyway. And, who knows, you suddenly collapsed. Then with all the fuss, I've completely forgotten about it. Would there have been more hope if I had had those scans earlier? Who's to say really. Perhaps having gone through rounds of torture, I will still end up on the deathbed. If so, then I guess the postponement is a good thing. I just feel sorry for you... I have you to kiss goodbye, but when it's your turn, there'll be no one.

(Slight pause.)

Siu Lum: How nice it would be if Chit was still with us, hmm?

(Slight pause.)

Ah Dai: Siu Lum, don't just sit here. If you don't want treatment, I won't force you. We'll take all our money with us and travel around the world. You've never enjoyed much all your life. I just complained it's a waste of money when you said you wanted to try that seafood steam pot last time. Let's go, eat as much as you want! If necessary, we could do as you said, just remortgage the flat. Anyway, it wouldn't matter where I live when you're gone.

Siu Lum: I don't want to go anywhere, Ah Dai. I just wish to stay at home. It would be best if I don't even have to go to the hospital.

Ah Dai: Don't you want to see the world? We'll go backpacking just like the youngsters! If you don't care to fly, I can drive. We'll just rove about!

Siu Lum: Don't be silly, I can't walk —

Ah Dai: How about visiting your old village to see your sister? And your primary school friends, you did say you want to bring me to the top of your childhood cottage...

Siu Lum: None of these matter any more...

Ah Dai: Then what does? Tell me— (Siu Lum doesn't want to drag on along this vein) Tell me what you want to do. What can I do for you? Don't just bury your head into these things — don't you copy those goddamn phone numbers, I tell you! I'll turn round and ditch that phone! I won't even use that phone any more. I won't even speak at all! We've been married for decades, and you act like nothing has happened...

(Ah Dai suddenly bursts into tears like a child.)

Ah Dai: You're leaving meYou're leaving me all alone, and you look like it's nothing...

Siu Lum: Ah Dai, I've cried my entire life, I won't shed another tear now. Aging and death are a part of life. If you are to cry, you should cry it for Chit.

I have taken care of every detail of your life. I've strived to do everything for you, but for our son...

You asked me what I wish to do? I'll tell you. I want to open that door. Not like walking in for dusting every other day; not like sitting in there reminiscing on his birthdays and memorial days; but to turn that knob to air out all the troves and drawers, and pour out my heart and soul. I want to take out everything that belongs to Chit, I wish to study every item since he was a baby and all the way up as an adult through and through: his kiddie clothes, his student photos, the autograph albums from his classmates, the letter he slipped under our door that night... I want to look at anything connected to him for one last time.

Then I'll go to the Square. Yes, the one thing you fear most. I WILL go to the Square, to where my Chit got beaten to death, and cry a lordy good cry.

(Lights gradually dim.)

—SCENE TWO—

(The door to the aforementioned room stands slightly ajar, with noise of drawers opening and closing coming from within. Ah Dai, carrying a thermos mug in hand, paces past that door several times, constantly peeking through but still didn't go in.)
(Just when Ah Dai is pondering where to put the mug, there comes a loud bang from the room.)

Ah Dai: What's up, eh? What's up? —

(Siu Lum walks out almost at the same time, holding a box in her hands.)

Siu Lum: Nothing, I just knocked down the cello...

Ah Dai: Let me, let me...

(Ah Dai takes over that heavy box from Siu Lum, places it in the living room, and catches a backward glance from Siu Lum.)

Ah Dai: Cello's alright?

Siu Lum: Thank goodness the bed cushioned it a bit. It would be a really bad hit, if it hit the floor head on.

Ah Dai: Told you to give it away and you have to keep it here to take up space.

Siu Lum: What do you know! The cello was Chit's lifeblood, how could we just throw it away like that... I actually wanted to learn to play it after Chit had left, you know, it'll be like that ghost movie, the mother and son are reunited as they play the cello, how sweet...

(Ah Dai giggles.)

Siu Lum: What's so funny about it?

Ah Dai: You're so short. The cello would be covering up to your face the moment you sit down, and you imagine yourself playing it!

Siu Lum: Someone is coming to take it away today.

Ah Dai: Oh really? Someone wants it so shabby?

Siu Lum: Shabby? I put oil on to polish it every now and then. And we actually put two months' salary into it, it's a really dear piece.

Ah Dai: I remember. We were still staying at the old house back then, small and cramped. We had wished Chit could pick an instrument that is teeny and easier on the ears.

Siu Lum: But Chit fell in love with the sound of cello from the first note he heard. The music teachers all said that it wasn't he who had chosen the instrument, the instrument chose him...

(Slight pause.)

Ah Dai: What about this box?

Siu Lum: The cassette tapes. We're giving them away with the cello.

Ah Dai: We may not know how to play the cello, but we could still listen to the tapes sometimes.

Siu Lum: Will you really take them out and listen to them when I'm gone? Better not put them to waste!

Ah Dai: ...

Siu Lum: ...but they need a quick wipe. The ones we often listen to are fine, but the others are all dusty...

Ah Dai: You've been sorting and packing all morning... drink a little...

(Siu Lum is wiping the cassettes while remembering the music therein.)

Siu Lum: ...I'm not thirsty...

Ah Dai: drink it even if you're not thirsty... come on, have a sip...

Siu Lum: ...These few must be the tapes gifted by that the music professor who used to live next door. He was particularly fond of Chit. He deliberately made these tapes for him...

(Siu Lum takes over the thermos, and suddenly stops.)

Siu Lum: What's that?

Ah Dai: Tea. Drink it —

(Ah Dai presses the thermos onto Siu Lum's lips.)

Siu Lum: You're doing it again? It had given me a hell of a diarrhoea last time.

Ah Dai: The doctor said it's a sign of cure if you can let it out. But you wouldn't have a few more rounds... I haven't been there since, so these aren't medicine.

Siu Lum: I don't believe you. You have to tell me what this is first.

Ah Dai: Hey, we've been married for decades. Do you really think I would put you to harm? It is good stuff, why else would I ask you to drink it...

Siu Lum: I'm not worried that you would harm me, I'm worried that you'd get conned. How much did you pay this time?

Ah Dai: You're crazy. Me conned? They would dare to con me with a face like this?

Siu Lum: Say it! What is it?

Ah Dai: Taoist magic water.

Siu Lum: Have you lost your mind?

Ah Dai: Why does it matter? Everything's worth a try!

Siu Lum: I can keep an open mind if it's medicine, but don't you drag in the gods and spirits! We have stopped believing a long time ago. Chit died, so many people have died, if there were a god or heavenly justice, why would it let all these happen?

Ah Dai: If you don't want to drink it, so be it, there's no need to go on like that...

Siu Lum: I tell you, I don't even believe in karma. You, what wrongs have you done in your life? What wrongs have I done? Why should WE fall sick? Why doesn't it fall on those heartless bastards? Those filthy corrupt officials, those dirty-hearted dealers, those city guards and police who know only of bully and persecuting the innocent, they should all die the pack of them, and the likes of your brother —

Ah Dai: Hey, that's quite enough, do you want to cast your curse on my brother too?

Siu Lum: Whatever, you know just how to tamper with my mood, and get in the way of my dusting —

(Knock on the door.)

Siu Lum: I say! He's come!

(Ah Dai signals he's going to open the door. Siu Lum hurriedly picks out a few cassette tapes from the box and dexterously gives them a quick wipe.)
(The sound of door opening, an exchange of greetings. Ah Dai brings a young stranger on stage.)

Siu Lum: So, you're 'Café·Waiting·Love'?

Young Man 1: You are 'Plaza Dama'? (Laughs) I was taken aback when the door opened just now. I thought that was Uncle.

Ah Dai: What are you talking about?

Siu Lum: Cyber-names. We met online. Come and have a seat. Ah Dai, bring the cello...

Young Man 1: Let me do it!

Siu Lum: Oh no worries. He may look old, but he's still got muscles. Come and sit.

Young Man 1: Thanks for your trouble then.

(Ah Dai enters the room to get the cello.)

Siu Lum: I've also got a box of tapes. I meant to wipe them first before handing them to you, but the old man got in the way!

Young man 1: ...wow, cassette tapes? It's been ages since I've seen one — wait, Mstislav Rostropovich? The CD of this album has already gone out of print.

Siu Lum: You really are an expert, looks like I've found the right person for my treasures — I'll give the cassette player to you as well, you could find them in the antiques nowadays.

Young man 1: Thank you, thank you... actually I'd like to come clean with you, I am a cellist myself, but this is not for me, it's my student —

Siu Lum: I know, I know. You have said it in your message. Your student's cello is damaged and she can't afford to buy a new one, right? I chose you precisely for your big heart. Are you still studying?

Young man 1: Final year.

Siu Lum: And working part-time...

(The young man nods, smiling.)

Siu Lum: It's really not easy these days with such a high cost of living, so it's quite a nice idea that you can make some money teaching cello...

(Ah Dai brings in the cello.)

Siu Lum: Put it here first, he's not leaving yet.

Ah Dai: Not leaving yet?

Young man 1: I know. I can walk out with the cello for free, the condition being that I have to stay for 15 minutes. Well actually, granny, you're really nice, so I won't mind if you wish to chat for a bit longer.

Ah Dai: Is this compensated dating?

Siu Lum: What nonsense!

(To the young man.)

Siu Lum: Never mind him. We will follow what we've agreed on in the post, I only need to speak to you for 15 minutes.

Ah Dai: What could you speak to him about that you can't say to me?

Young man 1: I understand. You wish to gift something to people in need, but a lot of people online might take advantage of such kindness, and re-sell the items that others have donated for their own profit, so you're absolutely right to ask for details. This is my student ID from the Music School, I've also brought along my student's info —

Siu Lum: No, that's not what I want to talk about. I want you to get to know the owner of this cello.

(Slight pause.)

Young man 1: Oh.

Siu Lum: You know that this cello is a legacy of my late son.

Young man 1: I know that. My student is aware of that too, she doesn't mind. All she needs is a cello that functions, indeed a lot of the finest cellos in the circle have been passed down from generation to generation.

Siu Lum: Young man, I need to tell you about the owner of this cello. I need you to know what sort of a person Chit was, and how he died.

Ah Dai: Siu Lum...

(Soft cello music by Chit playing in the background again. Lights change.)

Siu Lum: My Chit was born in the summer of 1970, the Year of the Dog. They say that those born in the year of the Dog are honest and chivalrous. My Chit was exactly like that. Teachers and students all described him, in the autograph album, as: open and upright, passionate and candid, outstanding in sports and art. As a mother, of course I'd agree totally. My Chit was exactly like that...

(Ah Dai slowly kneels down, pouring the water from the thermos into their potted plant.)

Siu Lum: This kiddie was always sick when he was small. One-year-old and he got hepatitis, then there were complications when he had chicken pox. He'd been sick for so long he got quite bony and sallow, to the point that I was really worried that he might die as a child... perhaps because of his time in the sickbed he was remarkably gallant. He never cried about taking pills or injections even as a kid. The nurses all praised him, said they'd never seen such a darling boy... Do you know there really is such a thing as innate qualities, you can tell it from his marble eyes. My Chit had been exceptionally thoughtful since he was a boy. Seeing someone crying in the park, the other kids just carried on playing, only my Chit would care to walk over and help. When my husband came home from his long-distance drive, I told Chit to try and keep his voice down and not to wake his dad from sleep. And he would hold his tears from a smashed finger, run to the kitchen and only go into tears when he saw me there.

(Ah Dai hands the cello to the young man and carries the box himself, then follows the young man out.)

Siu Lum: Thinking of it, Heaven has really been good to us. The old man and I didn't go to school much, but our son was born to love books, and so eager to learn... Where did he come from, you say? Sometimes I just can't help wondering. Especially the way he looked when he was playing his cello. Could the hospital have got us the wrong babe? I said to my husband, what if one day our Chit becomes famous and invites us to his concert, would people find it odd? How could such peasanty parents have raised a musician with such grace and elegance?

But then one day he told me: mom, I don't want to read music now, what our country needs most today isn't art, but reform. He said he loves music, but he loves his country even more, just like Rostropovic, the Russian cellist, who was himself a warrior for democracy... I don't understand music, and I don't know much about democracy. But as a mother, I could see that flame of passion in my son, just as the day he first held on to his cello. I knew that he was whole-heartedly devoted to the movement, that he truly believed with all his heart that even though the country cannot be changed overnight, it would respond to their appeal for freedom and democracy with kindness...

(Lights gradually dim.)

—SCENE THREE—

(Lights up. Another young man is sitting in the living room with a bundle of books placed nearby. Ah Dai stands on the side.)

(They appear to be waiting for Siu Lum, and the young man is getting impatient.)

Young man 2: Should you go and have a look? She's been inside for ages...

Ah Dai: Old people are slow, and she doesn't like being helped...

Young man 2: What I mean is, time is up. I'm supposed to be leaving soon.

Ah Dai: Hey please, just stay for a bit more!

Young man 2: Old man, I have actually been very generous with you...We agreed on 350 yuan that I'll take those books away and listen to her for 15 minutes. It's way overtime now...

Ah Dai: We're old, do be considerate.

(A while passed.)

Young man 2: No one wants physical books now, you know, what's there that you can't find online, eh?

Ah Dai: I know, that's why nobody responded to our post for days. But the books mean a lot to her... I want to fulfil the old lady's wish.

Young man 2: Then why does she want a chat, and it has to be with a college student?

Ah Dai: Just take it as, she's been with me for too long and wants some refreshment! Well, just hear her out. You don't even need to react much to whatever she has to say later.

(Ah Dai gets up to look towards the bathroom.)

Young man 2: So actually, Granny just wants someone to talk to about her son, right? Why not just stream a video, it's free, and she can even tell it to the whole universe in one go, and make way into money as a KOL...

Ah Dai: ...

Young man 2: It's true, no kidding. You get loads of people doing exactly this online. Break-ups, divorces, losing jobs, or even losing a family like you. Just open a channel and let out all the emotions there, and you'll get real-time responses from the viewers. It could get pretty high!

Ah Dai: We can't talk about our Chit's death to the world. We'll get into trouble, if we do.

Young man 2: Oh mysterious! What happened?

Ah Dai: ...I'll let the old lady tell you herself.

(Young man 2 starts pacing in the flat, and found maps and some roadmaps with markings.)

Young man 2: You're planning a trip? Oh, you've even got the routes marked out —Tiananmen? What, you've never been there? It's just right there and you've never been?

Ah Dai: Yea, some relatives are visiting from the country, they want to visit...

(Having said that, he picks some random stuff to cover up the maps, but the young man's interest is already piqued.)

Young man 2: Hey, but your information is not up to date. Look, that building is already torn down, and this road is blocked now. It's all wrong! What map is this?...

Ah Dai: It's just for reference, just for reference...

Young man 2: 1989? What the (heck)... you're using a map from thirty years ago? Why don't you just use the maps online?

Ah Dai: ...biddy, biddy, are you done?

Young man 2: No, wait... why did you have those guard posts marked? 'CCTV' and 'Patrol range'?

Ah Dai: Give it back—

(The two tussled for a while, then look at each other.)

Young man 2: Man, you want to rob someone?

Siu Lum: We're not robbing anyone.

(Siu Lum enters, and because the paralysis on one side of her body is getting serious, she has started to use a cane.)

Ah Dai: Siu Lum, you don't have to tell him — hey boy, just take the books and go.

Siu Lum: Don't worry, he can know about it. As someone of his age who still takes an interest in studying River Elegy and The Documentary, I trust that he will understand.

Ah Dai: Oh no —

Young man 2: Sure! Why wouldn't I understand? In this world of collusions between the government, tycoons and gangsters, and with the huge income gap. I'm all for an eye for an eye and Robin Hoods!

Siu Lum: Oh, you know my mind!

Young man 2: But there's heavy security at Tiananmen Square! Where's your target? Any friends to help from the inside?

Siu Lum: Yes, right at the hospital nearest to the Square. We know a doctor working there. The night before our mission, I'll get myself to be taken ill and check in as a patient!

Young man 2: Genius! What a smart move!

Siu Lum: Then I'll be bribing one of the janitors, so at midnight, when he gets his cart through the back gate, I'll hide myself in the trash bin with my gear.

Young man 2: Perfect!

Siu Lum: Don't judge by my age, I tell you, I can be a die-hard rebel when I want to!

Young man 2: I knew you are one of a kind just by a look at you! Very well, taking into account your exceptional vigour given your age, I will, as a fine token of support, provide your operation with expert technical assistance. But I expect thirty percent from you, when mission's accomplished!

Siu Lum: Thirty percent?

Young man 2: It's not much! It's all about technology in everything you do these days, so techies usually get the lion's share. I'm offering you a senior discount, out of respect!

Siu Lum: ...Why can't I understand a word he says?

Ah Dai: It's all rubbish! Go, get out!

(Ah Dai grabs the books and is about to send young man 2 away.)

Young man 2: Hey, hey! What are you doing? Want to get rid of me? Not so easy. Now that I know everything, if you won't let me have a scoop, I'll report you to the public security!

Siu Lum: Public security? You're threatening us?

Young man 2: You don't want me to spell it out.

Siu Lum: Wasn't he supposed to help us?

(Slight pause.)

Siu Lum: Give them back to me! The likes of you don't deserve to touch what belonged to my Chit!

Young man 2: I can return the books to you, but I can't pretend I didn't know about your planned robbery!

Siu Lum: I repeat, we are not planning a robbery.

Young man 2: You stole the security roster, you pen-marked all the escape routes, and you say you don't mean to rob?

Siu Lum: We are not robbing anyone. We are there to pay respect to the dead.

Young man 2: You try to fool me? There aren't any gravestones round there!

Siu Lum: Yes, there are, you just can't see them. There are masses of gravestones. My son died right there thirty years ago.

(Silence. The young man examines the materials again.)

Young man 2: ...Oh, no, you can't, you can't bring this up.

(The young man keeps gesturing 6-4 ("June 4th") but won't say it out loud.)

Siu Lum: You know about June 4th? The two before you hadn't even heard of it—

Young man 2: You can't talk about it. This is not a joke!

Siu Lum: You weren't even born then, how do you know? And what do you know?

Young man 2: Well, the usual stuff, the army marched into the city and many people died.

Siu Lum: ...

Young man 2: Many from the older generation have witnessed it, especially those who have lived in the neighbourhood for long. They're bound to have a couple of acquaintances who were involved and were either arrested by the public security, pushed into exile, or penalised by their work units, or even killed. People just don't talk about it that's all –

Siu Lum: We cannot talk about it, not even to those closest to us, lest they may be implicated or leave them with unsettled scores that may be raked up anytime against them.

Young man 2: Exactly. It's been said that, because of this very incident, the government has put stability maintenance as its topmost priority on the national development agenda – no comparative, mind!

(Looking at Siu Lum.)

Young man 2: So, you're still talking of paying respect to your dead son in the Square? Just forget it.

Ah Dai: No one's asking for your opinion!

Young man 2: It's true! Do you know how many sky-eye cameras there are monitoring the Square? What do you want to do there? Burn offerings? Tens and dozens of people will hound you down before you even flipped on a lighter.

Siu Lum: Why, he talks just like you? Did you ask him here to stop me?

Ah Dai: Of course not!

Young man 2: Look, I will give you back those 350 yuan — don't worry, I won't report you. I don't want to have anything to do with you.

Siu Lum: ...You really paid him to dissuade me...

Ah Dai: No, I didn't. Really, I didn't!

Siu Lum: ...That was your son! He's been dead for thirty years and nobody cared. All I want is to light a candle for him to bring him home...

Ah Dai: I did want to talk you out of this, but I didn't pay him — Ai!

Young man 2: O biddy, if I were you I'd fuckin' give up. That was a 'counter-revolutionary rebellion' thirty years ago. The country was responsible to suppress it, and those who died in it shouldn't bear any grudges.

Siu Lum: 'Counter-revolutionary rebellion'? What was the June 4th incident from what you've heard?

Young man 2: They said a bunch of students didn't want to go to school, so they occupied the Square for a few months. They all became thugs in the end, pillaging and ransacking places and what not, so the army moved in to take control...

Siu Lum: Thugs could win the hearts of so many ordinary citizens? And thugs could rally those hundreds of thousands of students to travel homeward from all corners of the world trains after trains to assist them? Do you know how many pairs of eyes across the continents can bear witness to what happened? Have you ever tried to bypass the firewall to read the different reports out there? ... The students at the time were just holding peaceful sit-ins and singing songs in the Square. But the army shot and killed the civilians just to clear the site, and would go to great lengths to frame them of ransacks and pillages. I bet only the most shameless regimes would dare to utter this sort of a lie, and the most stupid of all people would ever believe in such perjury.

(Siu Lum speaks to Ah Dai.)

Siu Lum: And you said nothing, you let such bloody lies go on. You'd let people condemn us for spoiling our son, and you'd let Chit be damned a thug!

Young man 2: Hey hey hey, don't get so worked up...

Siu Lum: At the hospital you said nothing, at the Public Security Bureau you said nothing, at the cemetery you said nothing, even now you would say nothing! Don't you love speaking your own mind, you even seek justice for a chilli, yet your son died without an explanation and you were timid like a partridge? I will not forgive you, Ah Dai! I will never forgive you! For the sake of your goddamn brother and for his goddamn job, you will not let me seek vindication for our son! You will not let me sue the government!

Young man 2: Madness to sue the government, you think it is that easy –

(Ah Dai glares at the young man.)

Young man 2: Hey man,I'm trying to help you... She's talking to you, why are you glaring at me...

Siu Lum: Now your brother has earned credits for suppressing the riot, and got himself promoted to high places, your Yang family can pride yourselves with a party cadre to bring glory to your ancestors! What about us? We muddled through a life of disgrace! We cannot even pay an open and legitimate respect to our own son, and Chit had to suffer to be called a thug!

(The young man realizes the gravity of the situation and prepares to leave.)

(Ah Dai grabs hold of the young man, and tied him to a chair with some of the hemp strings on the side.)

Young man 2: What do you want?

Ah Dai: You called me a partridge? I'll do something big to show you what I'm capable of!

Young man 2: Don't, I have no part in this –

Ah Dai: In any case, you are dying soon! And I too am dying soon!

Young man 2: Help! Murder —

(Ah Dai stunned the young man with a punch, which startled Siu Lum too.)

(A long pause.)

Ah Dai: The old lady is right. I've muddle through my whole life.

Several epochal times passed and I managed to survive, never a harm done, but never stood out for a word of justice either. That's why, I have been a remarkably big guy all my life but also one that is remarkably negligible.

In the early days of the student movement, I did go to the Square. Having nothing to do, I parked my taxi on the side to watch the crowd. There weren't just students in the Square actually, there were countless workers, residents from the neighbourhood, journalists, volunteers... men and women of all ages, gathering in circles to discuss the nation's affairs. I don't understand, to be honest, what's there to talk about? What's there to deserve discussion day after day, from dusk till dawn. They couldn't be thinking that they can just talk changes into the heads of those in high places? I've never lived to see sincerity moving the hearts of those in power... Back home, I'd only learnt it from Chit that there weren't just university students, but numerous high school students were also very passionate about it. A few of Chit's classmates were in the Square all the time to help out as pickets to keep things in order. I said to Chit, keep calm, keep a watchful eye... then Chit, citing classics and making quotes, made a rather lengthy speech, but... what about? oh... I really can't remember, or even if I could remember I'll never be able to repeat it. I felt a distant worry, he was not a kid any more... then later, somebody told me that Chit had in fact delivered a speech at the Square as the representative of high school students. I find it so laughable, that perhaps for a moment, at the very same Square, was a dad trying so hard to play spectator, when the son was right up there, fearless against the high winds and rough seas beneath him, making a sonorous speech on stage. For thirty years, that scene keeps coming back to me.

On that night, words spread that the army would shoot. That rumour was flying, nobody believed it, but I did. Chit promised to stay at home, and Siu Lum was on the watch, so I thought I'd drive out to see what's out there, not for business but for a sense of unrest. But many streets were blocked. I kept trying round and round to get close to the Square but still couldn't. So, I thought I'd better not waste gas and gave up. By the time I reached home it was already midnight, and I saw a few people going mad trying to get hold of Siu Lum. It was Chit, he left a note and climbed out through a window... I hurriedly asked the neighbours to look after Siu Lum for me, and drove out again in search of him. This time, I could already see people running and screaming as soon as I got out... how did I spend that evening? With gunshots, sirens, and public announcements ringing in my ears... and at last, I realised I had to ask my brother for help, coz only he has the prerogative, and at such times, only party cadres could have the power to save a student from the hands of the Public Security Bureau or even from the hospital.

(Lights out.)

—— SCENE FOUR ——

(Loud screams and violent scuffles cut through the darkness and lasted for some time.)

(A silence of suppression. Then came rapid knocks on the door.)

(Lights on. Thirty years back, the middle-aged Siu Lum is tied to a chair. At this time, she is already gagged, and Ah Dai is tying up her strongly resisting legs.)

Ah Dai: (Annoyed by the continuous knocking on the door) tchah...

(Ah Dai walks over to get the door. His brother Ah Ping shortly rushes in.)

Ah Ping: (Offstage) Ah Dai Ah Dai, we're in big trouble... Siu Lum has reported to public security in the neighbouring city. My superior just sent people over to my office —

(Ah Ping comes in and sees Siu Lum bound to a chair. His presence calms Siu Lum down.)

Ah Ping: What happened?

Ah Dai: She would die to appeal to the high authorities, said she'll sue the government, and if the public security of this city does not accept it, she'll go to the next one...

Ah Ping: Sister, no one would dare to take up your case no matter where you go... But you can't tie her up like this —

Ah Dai: Don't release her yet, give me a break. I have driven a long way out of town to pick her up, and I had to drive and keep her down all the way back, I'm really exhausted now!

Ah Ping: Why didn't you ask me for help? I could send a car over with you!

Ah Dai: I didn't want to scare you, but I still got you in the mess.

Ah Ping: Hey don't say that... there's no covering it up now, they've been catching the fugitives everywhere. My superior has been kind to me, he only hinted that I'm in some sort of a trouble, and asked me to take good care of my family.

Ah Dai: What does that mean? Your superior knew that we are the victim's family?

Ah Ping: I didn't admit it, of course I didn't! Admitting it will bring huge trouble. I only said that my sister-in-law has lost a son around that time, so it's been mixed up, my nephew was killed in a car accident, he wasn't one of the students at the Square...

(Ah Dai lowers his head, not knowing whether to be happy or sad.)

Ah Ping: Thank God I found Chit first. If the hospital had tagged him a "thug" that would stick for life.

Ah Dai: He has already passed on, what's that talk of a life.

Ah Ping: Not his life, our lives!

(Slight pause.)

Ah Dai: Let's drop it. I'll get you some tea.

Ah Ping: I don't want tea. I want water, ice water.

It's much warmer than previous years, don't you think? I was running round quite a few places the other day trying to buy myself a cold drink for the heat, and there I realised that many stores are still closed, God knows when things will get back to normal.

(He squats right by Siu Lum.)

Ah Ping: Sister, I know you're holding a grudge, but there's nothing to be done. There were so many people in the Square insisted for so long and look what has come of it. This... this is a hard rock, if you push it, it will crush you to death... it's been a month now, if you don't care about yourself, you should at least have a care for bro. He is fat and has hypertension, he will be hit by a stroke running here and there in this hell of a heat.

Ah Dai: Water.

(Ah Ping nearly chokes.)

Ah Ping: Ugh, it's boiling!

Ah Dai: There's no ice, it's either boiling water or tap water.

Ah Ping: No ice?

(He opens the fridge.)

Ah Ping: What's up with you? Why's the fridge empty?

Ah Dai: What can I do? She's been like this since Chit left. I haven't had a day's work for the entire month. She seemed to be fast asleep after medication this morning, so I thought I could do with a quick round, then came trouble!

Ah Ping: You haven't worked for a month? No way —

(He reaches for his wallet.)

Ah Dai: No, no need. It's not a question of money.

Ah Ping: You still have to eat! What with the fridge all empty, what do you feed yourself with?

Ah Dai: I did ask my neighbours to help with the groceries, it's nothing... and anyway, she doesn't eat much.

(Ah Dai is lost in his thoughts.)

Ah Ping: Hey don't be like that! Pull yourself together! You only have each other now, so you must take good care of yourselves — Right, I'll ask Ah Hung to buy some food and cook her a good meal tomorrow, of course she wouldn't have an appetite for food out there, but she'll eat when Ah Hung cooks.

Ah Dai: You silly, why bother Ah Hung with it?

Ah Ping: What's that talk of bother? We are brothers for God's sake. I always tell my wife and son that hadn't it been for uncle to pay for my schooling, I wouldn't be here today. They understand it. They are very grateful to you, and really want to help!

Ah Dai: I know, but Ah Hung is busy with work... and has Yat Fai found a school yet?

Ah Ping: oh, yes, it's all sort out. We found the key figure in the end, and entrusted someone to pass him a lot of gift, so we made it eventually...

(This last speech really hurt Siu Lum.)

Ah Ping: But Yat Fai is in the country home now. All the schools in the city have taken an early summer break. His mom is afraid he may be spoiled in the gang with those officials' sons, so she'd rather send him to the countryside. That little rascal, he's good for nothing...

(Caught Siu Lum staring at him.)

Ah Ping: Oh yes, sister, your nephew will be going to university after the summer! I say, don't be upset, you can treat Yat Fai as your own son from now on, I will tell him to look after you both as well.

(Siu Lum mumbles.)

Ah Ping: What?

(Siu Lum mumbles again.)

Ah Ping: What does she say?

Ah Dai: She said if Chit were here, he'd be entering university next year too.

Ah Ping: You can tell from that?

(Siu Lum mumbles again.)

Ah Ping: What is she saying now?

(Slight pause.)

Ah Dai: She congratulates you.

Ah Ping: Doesn't sound like it...

(Siu Lum mumbles again, Ah Ping looks at Ah Dai.)

Ah Dai: Never mind her.

(Ah Dai clearly doesn't want to explain anymore, as soon as he turns around to put the cup down, Ah Ping pulls the towel out of Siu Lum's mouth.)

Ah Dai: Hey—

Siu Lum: I fuckin' congratulate you, a pack of bastards, evil-as-hell amoral crooked officials! What the hell do you know apart from taking bribes, sucking money, and bullying people eh? Then it must be tufthunting and pulling strings! Don't you ever bring your wife here! What she cooks will only make me sick! And your garbage of a son! Never ever come to my place! Your presence will only stink my house and I'll have to clean up your shit after you!

(She spits at Ah Ping.)

Ah Ping: Wow, she's really in a state—

Siu Lum: And you'd ask your son to look after me, you really think I'm not hurt enough and you'd crush my heart like that! You really think your bastard son can take the place of my boy? Are you okay! My Chit had never made me worried all his life, and if I suggested to pull a few strings for him, he would be angry at me! Do you know why? Because he was a kid who knows shame and had dignity!

Ah Dai: Siu Lum —

Ah Ping: Don't worry, she's overcome with grief, I won't blame her...

Siu Lum: Chit would never hang out with the officials' kids. What he despised the most were people of your ilk you corrupt and power-thirsty cadres! That's why you had to kill him! Because you're afraid of him! But would the lords make such a choice too? Why sacrifice the righteous, and let such rubbish like you make a spectacle of yourselves and gnaw away our society...

Ah Ping: Hey sis, do you have to be so harsh? I meant well —

Siu Lum: Have you ever meant well?

Ah Ping: Chit was my nephew! I too had run around numerous hospitals and detention centres that night! If it hadn't been for me, Chit would have been lying in the mortuary for days on end without a soul to take notice —

Siu Lum: If it hadn't been for you, Chit wouldn't have died without so much of an explanation!

Ah Ping: Hey, you'd better get this straight, it wasn't me who shot Chit to death!

Siu Lum: But it was you who told Ah Dai to deny that Chit was a victim. You didn't allow us to redress our grievances. You fear that this incident will drag you in the mud. You ask Ah Dai to take a few random shots of Chit for me then you got rid of the body. The army murdered the innocent, do you get it? They killed my son —

(As Ah Ping tries to put the towel back into Siu Lum's mouth and she bites him.)

Ah Ping: Argh!

Siu Lum: What grave grievances have I owed you, that you wouldn't let me see my son for one last time?

Ah Dai: Siu Lum! Stop raving!

Ah Ping: Ah Dai, you really should tie her up, she's downright insane —

(Ah Dai walks up.)

Siu Lum: You try stuffing that down again, I'll bite my tongue off!

(Ah Dai stops.)

Siu Lum: We can't talk about this out there. If I can't even speak the truth at my own home, I would rather die.

(Pause.)

Siu Lum: I waited for ten days. You said don't beat the grass lest it will alert the riot police that if they really found Chit it will bring him down to be sentenced. I believed you both. Those ten days, I stayed awake without a wink of sleep. I took your words and stayed in the neighbourhood. I tried my best not to turn up around the Square. I didn't talk to others, or let anyone find out what happened in my family. I even washed Chit's clothes and deliberately hung them out. I also did the packing for Chit so that once he's back we'll have everything ready to send him to our country home... who would have guessed, all I have waited for are a few damned photos of a corpse, cold as frost, they did have the silhouette of my Chit, but never his warmth. I can't even see where he'd got hurt, don't even have a clue how he died! It is my basic right! As a mother! I will see him alive or I will see his body, it is my right, MY RIGHT! How could you be so cruel?... now, it's all gone, I'm not even left with a trace of evidence to charge them, you made me a coward mother, a mute victim family, but I have never let go. I bear it in mind every day I breath. There is an invincible wall between us, there is an unsettled debt between me and this country.

Ah Dai: I am sorry, my dear. I was all stupefied at the time...

(Ah Dai kneels beside Siu Lum, and slowly unties her.)

Ah Dai: That room had corpses lying all over, and Chit was just lying there. His eyes weren't even shut yet, there was blood all over his face and his neck, I couldn't tell if it was his blood or blood stain from other bodies. All I knew was I couldn't let you see him like that. My thoughts were not on Chit, I only thought, goodness, no, Siu Lum would go mad if she sees what's before me now — then I heard someone in uniform said they needed to take record of the rioters, and anyone who wasn't in the riot could be collected right away. I didn't give a think to questions of justice, all I wanted was to quickly wipe Chit clean so that you wouldn't have to see him like that... but, I couldn't fix it, they said that was called dumdum bullet. The bullet went from the back, and came out through Chit's chest making a large expansive hole. I don't know how I could wipe it clean. Compared to his slender chest, that hole was too big. Then on my return, you rushed up to with so much hope. Siu Lum, I didn't have the courage, I have been a coward all my life, but I do not fear for my own life, I am afraid of breaking your heart, I am afraid of your rage, I fear that under this despotic regime I will fail to protect you, I am afraid I will lose you too...

(By this time Ah Ping has disappeared. Time slowly returns to the present.)
(The constrains on Siu Lum's hands and feet have retreated, but in their places came the constrains of old age and sickness. Compare to the last scene, her body has become much frailer.)

Ah Dai: ... I'm sorry, my dear, I should have let you say a proper goodbye to Chit, I should have let you fight a proper fight for his sake. I should know that, from that moment on, our lives could never go back to normal.

(Lights gradually dim.)

—SCENE FIVE—

(Lights up. Same setting as the previous scene. Siu Lum's head is tilted to one side, looking spiritles.s)

(Ah Dai, with great enthusiasm, showed her everything, hoping to strengthen her will to live.)

Ah Dai: Tada! Here it is! Can you see my face here? Hey, where are those eyes looking at? Right here!

(Siu Lum turns her head impatiently, gets a glimpse and turns back.)

Ah Dai: Hey why, why aren't you excited?

Siu Lum: What's there to be so excited about?

Ah Dai: The work permit! Are the characters too small? Can't you see them? — "Tiananmen Square Cleaning Squad."

Siu Lum: Are you a cleaner? I thought you're a driver.

Ah Dai: I am a driver, but I thought, rather than bribing a cleaner, I might as well apply for the job myself. When the time comes, I'll tell the guards that I have to be there early to tend on some leftovers from the previous shift, then I can sneak you in without anyone noticing, aren't I smart?

Siu Lum: It's useless to sneak me in, I can't even walk now. It's not even May and I've already lost of my walking.

Ah Dai: So what if you can't walk? I'll bring you in a wheelchair!

Siu Lum: ...No, it's too much trouble. What nuisance if I need to pee or poo on the way!

Ah Dai: What is the nuisance indeed —

Siu Lum: Of course you won't understand, you only have to snap off the shit-bag after a poo. I need someone to help me up and down. I'll be hiding for hours on end, and I can't run fast if we get caught, what's the point!

Ah Dai: So you thought you could walk away? Nonsense... what's this now?

Siu Lum: People all say that if the doctors say you have three months left, it means six, and if they say six months, it means a year, so that the patients and their family would think they've earned it. I think our doc is very square, I should pop my clog before June.

Ah Dai: Stop this nonsense! All those ominous speeches all the time! Do you want to chicken out? I have arranged for everything down to getting the work permit, don't you think of funking out.

(Siu Lum is depressed.)

Ah Dai: Hey, it's been a long time since we looked at Chit's kiddy photos. Let me bring them out and we'll look at them together. Just one look at them would usually do the trick and cheer you up whenever you're down.

Siu Lum: No, I don't want to see them, I'd sooner watch the variety shows. Turn on the TV.

Ah Dai: What's there to watch? You hate variety shows... Perhaps we could practise our lines for when we get to the hospital. Well, you're normally better than me in all ways, but when it comes to acting, I think you aren't as natural as me —

Siu Lum: Ah Dai, I think I really can't last till June.

(Slight pause.)

Siu Lum: I am really unwell.

Ah Dai: What's the problem? You didn't even tell me you're unwell? Come, I'll send you to the hospital—

Siu Lum: It's no use. We've been in and out for countless times in the past two months. They only want to tuck me in the hospice, it doesn't help at all.

Ah Dai: Then...

Siu Lum: These two days, I really felt like I can't take it anymore, my two feet are so numb and painful. This pain is eroding my will away... I'm beginning to think... that perhaps it's actually better if I should go earlier —

Ah Dai: Don't think like that, Siu Lum! Chit is waiting for us, if you're in pain I'll go and ask the doctor if you could take a few more painkillers — or morphine? There must be a way!

One day at a time!

(Siu Lum turns her face away again.)

Ah Dai: For Chit we must hang on tight. You're right in saying that, for thirty years, we have owed him, and it is now time to do something for his sake... hey, hey, didn't you say that Chit is waiting for us to pick him up? Do you still remember that time when you were late picking him up from kindergarten, and his poor little face, you said, as he was sitting there on a small stool gazing still at the doorway?

(Siu Lum remembers at once.)

Ah Dai: Yes, don't give up! Perhaps he's sitting right there on one of those stony steps waiting for us... Ever since that incident happened, we've never walked round to that area. I even took roundabout ways to avoid it in the first few years, so much so that my passengers mistook me for making deliberate detours and I had to charge them five yuan less to settle it... I went there today for my interview, and it's nothing much, it's just a Square after all. If you picture the crowds of people who died there, the place is horrifying; if you envision that there was once a union of aspiring young fellows, then the place becomes glorious again. We should indeed pay our respects. We are old, so we have nothing to fear.

Siu Lum: But what will happen to you after this?

Ah Dai: Why?

Siu Lum: I kept thinking these two days. Even if I could really hang on till June, and we did we're supposed to do, then what about you? I may bid this world goodbye, but what about you?

Ah Dai: Wow! So, you have been thinking about this just now?

Siu Lum: No, I've been thinking about it all along.

Ah Dai: I thought your whole mind is about Chit.

Siu Lum: How would I?

Ah Dai: Fine, then you tell me, how did you plan to rescue me? Hire a lawyer in advance or what?

Siu Lum: I planned, originally, to drug your food first at the dinner before action, then wait till you're fast asleep and I'll tie you up in a big bunch, and then I'll go straight to the Square with my stuff. The minute before action I'll ring your brother to release you.

(Short pause.)

Siu Lum: But no, I only had in mind that I'm going to die, but hardly did I know that I will first go lame.

Ah Dai: So all along you intended to leave me out... no wonder you put everything on halt once you've lost your walking.

Siu Lum: It shouldn't drag you down too Ah Dai, I am supposed to be gone, you don't have to —

Ah Dai: I won't have many years left either —

Siu Lum: But Chit wouldn't want to —

Ah Dai: What? Chit wouldn't want to see me? Chit is mine too, why wouldn't you let me come along? Why don't you give me a chance to make amends?

Siu Lum: Don't flare up, watch it or you'll catch a stroke, then who knows who's wheeling whom.

Ah Dai: Put two electric wheelchairs together and tie them up, the smarter one will be in charge. No matter what, we shall persevere until the goal is reached!

(A forced smile, then silence.)

Siu Lum: Oh well, however unwilling, I'll have to count on you now.

(Slight pause.)

Siu Lum: But we still have to plan ahead, once we get caught.

Ah Dai: I haven't planned that far ahead, I have only had it up to the point when I get hold down to the ground.

Siu Lum: Oh yea? What do you have in mind?

Ah Dai: Perhaps I'll chant a few slogans.

Siu Lum: Crazy, no one can hear you.

Ah Dai: And no one can see you burning offerings and lighting a candle now, can they?

Siu Lum: You bet, I had it in my original plan to livestream the whole process online, and it wasn't just lighting candles, it was meant to be sky lanterns...

Ah Dai: Wow, how could you manage so many things all by yourself!

Siu Lum: You lardy, I could never manage with you in the team.

Ah Dai: What, if you want a sky lantern, I could go and get one ready for you...

Siu Lum: Just kidding, tell me, what do you intend to chant out the moment they hold you down? Don't say you'd shout out 'vindication for June 4th crackdown' or the sort, that authoritarian state has no right to vindicate my Chit!

Ah Dai: Then I will shout "I love Siu Lum!" "I love Chit!"

Siu Lum: Cheesy. Why on earth did I marry you?

Ah Dai: Then you say, what should I shout?

(Long pause.)

Siu Lum: You're right, you should shout "I love my family." Those bastards shot them dead random as if they were dirt, but all those who have died were flesh and blood, and people whom we have loved. Without an explanation, without a word of apology. Only the most despotic tyrant would treat his people with such brutality. This country does not deserve my respect. For my entire life, I will only love my family. Even if everyone treats Chit as a number, we shall never treat him so.

(Slight pause.)

Ah Dai: Then I will shout that when the time comes.

(Siu Lum looks at him affectionately.)

Siu Lum: Shout as you like.

(The barrier between this old couple is broken down from then on.)

(Knocks on the door.)

Ah Dai: Who's that? So late at night?

Siu Lum: Be careful, have a look first.

(Ah Dai walks up to answer the door, then rushes back.)

Ah Dai: It's Ah Ping!

Siu Lum: Ah Ping? Why does he suddenly turn up?

Ah Dai: I have no idea...

Siu Lum: Hey, put the things away first!

(Ah Dai nervously puts everything related to their plan away.)

(When the coast is clear, he walks over to get the door.)

(Soon after, the old Ah Ping appears.)

Ah Ping: Hi, Sister!

Siu Lum: What brings you here? Got yourself promoted for a few ranks, haven't heard from you for a good while now, did you hear that I'm dying and conscience struck you to come and have a look at me?

Ah Ping: I did hear that you're sick, but I bet you still have some time to go with your tongue sharp as ever?

Siu Lum: After June 4th, after my son's memorial day, I will go in peace.

Ah Dai: Don't stay too long, it's almost time to go. Your sister-in-law needs to rest —

Ah Ping: Why will you go in peace after June 4th? Are you two planning something?

(The old couple was shocked, but Siu Lum immediately responds.)

Siu Lum: What can we do? Can't you see I'm paralyzed? I can't walk, what can I do?

Ah Ping: I don't know. There are things you can do even without the ability to walk, say writing an article, accepting interviews, and so on.

Ah Dai: What are you trying to say?

Ah Ping: It's the 30th anniversary this year. My superiors take this very seriously. The country is very prosperous now, so it won't stand to be discredited.

Siu Lum: Have you said your piece? Thirty years ago, in this family, you have already cleaned up everything for your Party, now you'd come back here to play cool with your sarcasm?

Ah Dai: That's enough, Ah Ping —

Ah Ping: That's great if it's cleaned up, I'm precisely worried that it is not clean enough. You know, there are so many troublemakers, mother freaking organisations, who love to seize moments like this to brush up their sense of existence. So, the superiors have sent me to keep a close eye on them these two months...

(Ah Ping slowly examines the room.)

Ah Ping: It so happens that day, that I recognised a visitor IP which looks very familiar — you know, we don't let go of any traces of suspicion, eh — I looked it up, and bingo this is the address where it's from —

Siu Lum: You know no shame, do you? You spy on us?

Ah Ping: Is it shameless to do one's duties? Is it shameless to love one's country? If you weren't so sick, I would have invited you to do to a national affairs class.

Ah Dai: Get the hell out of here — Now!

\Ah Ping: I noticed you've been striking up conversations with some lads online, so I traced them up one by one — you've actually been sending Chit's stuff away, you should have done so right from the start then you wouldn't have been so bull-headed... The lads didn't

	say much, though one obviously looked a little anxious, but he too didn't say much.
Ah Dai:	Then you can go now —
Ah Ping:	I say, this is a sensitive time, don't wander off. My superiors don't know that you are a victim's family, but I do. So, formally and in private I need to remind you, especially when your nephew is about to make another jump in his career these days, we can't risk any mistakes in any respects.

(Ah Ping is about to leave when he picks up the work permit on the floor.)

Ah Ping:	You've changed occupation?

(Pause.)

Ah Dai:	My eyes are bad, can't drive anymore.
Ah Ping:	You are not young now, you've got to be prepared. These people love to spit and pee around, it doesn't help how many banners or signs you put up. There' is still a long way from civilisation for our country.

(Ah Ping walks towards the door.)

Siu Lum:	Do you know what's most funny about this, Ah Ping?

(Ah Ping stops.)

Siu Lum: Chinese officials, in private, are actually rather honest.

(Ah Ping doesn't respond. He turns and leaves.)

(Ah Dai and Siu Lum high-five.)

(Lights out.)

—SCENE SIX—

(Lights up. Siu Lum is lying in the living room, wrapped in a blanket.)

(Sounds of Ah Dai speaking on the phone. He seems to be sorting things while talking on the phone.)

Ah Dai: (Offstage) She has had an injection, I helped her with an injection just now when she was really suffering... she is catching some sleep now... I actually wanted to ask if you have anything else that could sustain her for a few more hours, say like... a cardiotonic? Are there such things? ... Hey what a waste of time talking to you, I told you she doesn't want it, all she wants are a few more conscious hours to do something important —

(Siu Lum is suddenly roused from her sleep.)

Siu Lum: So cold! Ah Dai! Still so cold!

Ah Dai: She's calling me! I'll speak to you later!

(Ah Dai hangs up the phone and brings some clothes to Siu Lum.)

Siu Lum: Shut the window Ah Dai, turn up the heater, there's a chill down from my heart, my feet feel frozen.

(Ah Dai helps Siu Lum up, and quickly puts extra clothes on her.)

Ah Dai: It will be quick, very quick, it will warm up in a minute.

Siu Lum: What date is today? How long is it still from the fourth of June?

Ah Dai: Today... It's June 4th to the day... it's today, just past midnight. You made it my dear!

Siu Lum: I made it? Today is June 4th?

Ah Dai: Yes! We can go see Chit now...

(He points at the bag on the wheelchair.)

Ah Dai: Look, I've got everything ready, the car is parked right in the back street, we're just waiting for you to wake up... Siu Lum, we will take action tonight, when the operation is over, you can go in peace, I can't bear to hold onto you anymore...

Siu Lum: Then I'll have to change...

Ah Dai: Change?

Siu Lum: Chit loves it most when I wear that red jacket. He used to ask me to wear it when I pick him up after school, said he could then see from afar that I have arrived...

Ah Dai: ...oh, right, let me go look for it later.

Siu Lum: And the van...

Ah Dai: What?

Siu Lum: The toy van my aunt brought from Hong Kong. He really likes it, he always wants me to have it in my bag then he would rush over after school and start diving his little hand into the bag rummaging and rummaging for it...

Ah Dai: Siu Lum, do you know where we're going?

Siu Lum: To the graduation ceremony. Chit's going on stage to receive the Outstanding Student Award.

Ah Dai: ...

Siu Lum: That's why I've been telling you to take a day off, Ah Dai, you can make money anytime, but you need to show your care to the little one, then he would know we love him.

(Pause. Ah Dai stares at Siu Lum's face. For one moment, he wants to let her lay things down, and then he is awakening from the thought.)

Ah Dai: It can't be, Siu Lum. Everyone wants to wipe it all off, we above all must not put that incident behind us — Siu Lum, Chit was shot dead by the riot police at the Square thirty years ago, he and those defenceless students were all shot dead by the army, we will go and pay our respects to them tonight, we will tell them that we still remember...

Siu Lum: We still remember?

Ah Dai: Yes. No matter how old we are we will never forget it, no matter how sick we are we have to finish it.

Siu Lum: Finish...

Ah Dai: Your wish...

Siu Lum: You're so good... Then let's not say so much, let's set off —

(Siu Lum realizes that she can't walk. She seems startled because she has forgotten about it.)

Ah Dai: Do not fear, mount your chariot, I'll push you!

Siu Lum: Good!

(Ah Dai carries the warmly clad Siu Lum into the wheelchair.)

Siu Lum: You are very strong!

Ah Dai: That's how I carried you away years ago. We were a group of young boys and girls playing on the embankment. When we left, I held out my hand to you. You thought I was helping to steady you, but guess what, I pulled you down and held you in my arms.

Siu Lum: Shocked me to death!

Ah Dai: That's not what you said afterwards!

Siu Lum: What did I say?

Ah Dai: You said, dazzled you to death!

Siu Lum: Nonsense!

(By then, Ah Dai has prepared everything. They are about to leave.)

Siu Lum: Where are we going?

(Slight pause.)

Ah Dai: You'll know, when we get there...

(Ah Dai pushes the wheelchair towards the front door. He walks ahead to open the door.)

(Before long, he steps back. A stranger marches up close.)

Ah Dai: Who are you?

Stranger: Ministry of State Security.

Ah Dai: ...What do you want?

Stranger: Please pack a few things, the nation is treating you to a trip.

Ah Dai: What the fuck?

Stranger: No swearing.

Ah Dai: What crime have I committed?

Stranger: If you have committed a crime, you'll be sent to jail, not on a trip.

Ah Dai: What if I don't want to go?

(Slight pause.)

Stranger: Then you will be gone on a trip.

(Slight pause.)

Ah Dai: Hang on a minute, I need to make a call to my brother —

Stranger: No need. He has been found, a few days ago, to have "assisted nationals to migrate to the United States of America by illegal means". He is now in custody. No one can help you. Pack your bags.

Ah Dai: ...but, but... my wife is very ill, if she dies on the way, who's to take responsibility for that?

Stranger: That's why she is not going.

(The stranger pushes Siu Lum away. Ah Dai gets anxious.)

Ah Dai: What? Are you human? There is no way she can look after herself now, if I go now she will die.

Stranger: Rest assured. The country is very thoughtful. The medical team is right outside waiting to take over. In your absence, we will keep a good eye on her for you. Plainly, it is way more professional than you.

Ah Dai: How long will I be gone?

Stranger: Once the sensitive period is over, you can be back.

Ah Dai: If I say I won't go?

Stranger: What's the point? You are well-aware that resistance is no use, why give the old lady a shock.

(Ah Dai glances at Siu Lum, and heaves a sigh.)

Ah Dai: Then can I say a few words to her? She is so frail now I don't know if I could still see her when I come back.

Stranger: Say it then.

Ah Dai: I don't want to say it in front you! Privacy eh! When we get all romantic, we may have a good round of Frenchkisses —

Stranger: Alright, five minutes. Five minutes, if you don't show up, the Emergency Unit will break through that door.

(The stranger exits.)

(Ah Dai squats by the wheelchair.)

Ah Dai: Siu Lum, listen.

I will not go on that trip with them. I will not help them whitewash the facts. In a moment, I will climb down from the bedroom window and drive straight off to the Square. Sorry I can't bring you with me, but you can imagine. You have to remember that I will definitely go to the Square and light a candle for our son, I can do that for sure, even if it costs my life I will make it happen! Then, we will meet again in the other world, we will meet again in a better world, you, me and Chit. Remember to look for me! Remember to imagine!

(Ah Dai presses a deep affectionate kiss on Siu Lum's forehead, then he picks up the bag from the wheelchair and left. Everything is so silent.)

Siu Lum: What am I to imagine?

A childhood of poverty, a youth in turmoil, an adulthood sent down to the countryside, a middle-age of hustle-bustle for the family, and in the end, it has all gone down to nothing...

(Police shouting from afar, perhaps they've discovered Ah Dai's escape.)

Siu Lum: No, not these, Ah Dai wants me to imagine...

(There begins to be sirens and alarms, but Siu Lum doesn't want to think about these,

she tries hard to dream about the good things, so all sounds of danger recede again.)

Siu Lum: I imagine this to be a state without surveillance. There are no secret police waiting out there for Ah Dai, no patrol cars to stop him. Ah Dai drives all the way through Chang'an Avenue, and takes the main entrance to walk through to Tiananmen Square. There are no guards or security checks. It is a Square that truly belongs to the people.
I imagine Ah Dai walking freely on the main streets and, on the stone paving of the Square, cry his heart out for Chit — how I wish I could be with him, to go and pour out the final tears of my life... We will go to the lamppost where the witnesses saw Chit fall, and check if the traces of bullet scratches are still there; to walk on the stony path where the tanks had run over, and see if the fragments from that time are still be found...
For ages and ages, countless almighty leaders have received their worships right here, but none of them have brought true happiness and peace to their people. Our son had fought for it, in vain, but they did fight for it...
I imagine Ah Dai strikes a match in the Square, lights up the first candle. I imagine the Square to first sweeps up a gust of wind which builds up gradually. Ah Dai lights another, and the wind has gathered speed, but still it only swirls on the top and hasn't blown off the candles. Ah Dai hence lights the last one...

(Siu Lum has broken away from the shackles of life.)

Siu Lum: I am the one transcended. His love has led me to the Square. At last, I don't need to imagine, I see the solitude of the Square: three candles and an old man. Thirty years, not known of the living or the dead, the living dares forget, the departed drifts away. Where I am, is the lonesomeness of our times.

(A youth walks slowly out from a room, smiling at Siu Lum.)

(After a moment of silence comes a remote singing, very soft feathery light.)

(Gradually the singing is joined in by others, it is the other youths, they come closing in singing, and slowly surrounded Siu Lum.)

(Siu Lum saunters towards the youths, as if about to follow them to eternity.)

(At this moment, one of the youths makes a heartrending cry. All still. Until another cry breaks the silence, and slowly a power amasses. Likewise, other youths join in with overpowering passion, just as spirits that refuse to be suppressed, they begin to roar and stir with agitation, exhausting all their energy. They will have the living remember their faith which shall never die out.)

THE END

MAY

35th

第三章 評論・暢所欲言的自由

首映原版

5月35日

李怡

5月35日，幾乎沒甚麼人不知道就是今天。但這麼說的意義又跟直接講6月4日不一樣。比如你同朋友約了今天見面，你說6月4號，那就只是一個日子；你說是5月35日，那很明顯就是指六四。30年來，在大陸，六四成了敏感詞，網民就改稱「5月35日」、「8的平方」或羅馬數字「VIIV」。「5月35日」這種表述，盡顯30年來一個禁制言論、禁制人民記憶的政權的荒謬。

由莊梅岩編劇、李鎮洲導演的舞台劇《5月35日》過去幾天上演了五場。製作者是2009年成立、只有小眾關注的「六四舞台」，在藝術中心一個小劇場演出，公開售票三小時，門票即售罄。相信頗令製作者感意外。現訂在7月再加演五場。

舞台劇講北京一對困病的老夫妻，在5月35日想去天安門廣場點一根蠟燭悼念在六四中被殺害的兒子，而受到阻攔的故事。兒子死於非自然，想問個明白，想去拜祭，在正常社會這都是很自然很正常的事，但在不正常國家做正常的事竟然是被強力部門壓制。結果老妻留在家中，老夫一人爬窗獨去。臨行前老妻問他：你想在被人按住的時候叫甚麼？不要叫「平反六四」那些呀，「專制政權沒有資格平反我哲哲呀！」老夫說他會叫：「我愛小林（妻名），我愛哲哲！」

沒有「愛國」，也沒有「平反六四」，愛的是妻子、兒子。

我想起美籍猶太裔學者漢娜・鄂蘭回答友人的一段話：「我這一生中從來沒有愛過任何一個民族、任何一個集體——不愛德意志，不愛法蘭西，不愛美利堅，不愛工人階級，不愛這一切。我『只』愛我的親友。」

早前六四遊行，參加者比去年多了一倍，而且許多往年已經消失身影的年輕人又出現。今晚六四集會相信也會如此。支聯會秘書李卓人日前在電台說，明白近年本土思潮令年輕人與六四「切割」，但呼籲出席集會者不應糾結於「愛國」與否。他多慮了。今年已經不同往日，年輕人已經不會再介意你們喊甚麼「愛國」、「平反六四」、「建設民主中國」，因為他們已經超離了對這些口號認同與否，變成沒有感覺了。

或許正如莊梅岩在一個訪問中說：「有時，我們被代表那件事的人，影響了對事情本質的追求。我從來不跟派別，不跟人名做事。不是因為誰支持我就支持，誰支持我就反對。我覺得件事本質才最重要。」

甚麼是件事本質？本質就是血腥鎮壓，就是連六四這兩個數字都不能提，要用 5 月 35 日代替、甚而連代替都列為禁忌的荒謬政權。而誠如莊梅岩說：「我們處身於同一個政權之下，我們不理，到最後這些待遇會落到我們身上，為何我們可以不理？」

修訂《逃犯條例》提出，香港市民已接近「最後這些待遇」了。

因此，你要愛國就「愛飽佢」啦，你要繼續乞求專制政權開恩「平反」就「平到夠」啦，反正這些口號跟我們無關，它們早就在許多香港人的意識之外了。

我們不應再介意「誰代表那件事」，我們找到的共同點就是為了反對暴政君臨而抗爭，如同話劇《5 月 35 日》結束時一大群亡魂的吶喊抗爭一樣。亡魂體現的是一個個在親人心中不會消失的個人，亡魂呼喚的是人性，是要延續維護人的自然權利的抗爭。

（本文原刊於《蘋果日報》 2019 年 6 月 4 日）

5 月 35 日

／ 吳志森

熟悉中國大陸網絡規矩的朋友，都知道 5 月 35 日，是六四的隱稱，以逃避當局政治審查，但這個暗號，早已被識破，一律被網管歸入敏感詞之列，全面封殺。

莊梅岩編劇的《5 月 35 日》，日前公映，場場爆滿，再一次證明，960 萬平方公里的神州大地，除了澳門和臺灣，只有香港這個小島，還有僅存的自由，仍可大規模公開點起燭海，悼念亡魂，仍可在舞台為死者呼冤，為生者吶喊。但我們無法預料，一覺醒來，連這丁點自由，都會突然消失，從此一去不回。

「六四舞台」製作 10 年不絕，以今時今日的政治氣候，仍能鍥而不捨的堅持，光是這份韌勁和勇氣，就值得我們買票入場。

《5 月 35 日》故事充滿張力。高中生哲哲六四被軍隊殘殺，母親堅持追究到底，父親膽小怕事，不想連累家人，於是忍氣吞聲。30 年過去，年已垂暮，身患絕症，希望在短暫的有生之年，為兒子做好最後一件事。

六四遺屬當中，天安門母親群體的勇敢堅毅並非典型，在強權鎮壓下，有更多更多選擇閉口，敢怒而不敢言，即使至親好友，也不敢隨便曝露自己的內心世界。

父親的一段獨白觸動我：幾個大時代，都能生存下來，沒有做過傷天害理的事，也沒有衝出去講過一句公道說話……我苟活了一生。

當苟活才可以自保，當苟活才可以避免進一步受強權的傷害，苟活就變成了一種常態，一種生活習慣。對不公視而不見，對不義麻木不仁，對殘酷選擇噤聲。

六四由當初的反革命暴亂，變成後來的「1989 年春夏之交的那場政治風波」，到今天赤裸裸的承認，中國今天取得舉世矚目的成就，是建基於當年的血腥鎮壓，年輕生命無辜慘死的基礎之上。

當權者可以如此肆無忌憚，是大部分人民選擇苟活的直接結果。

（本文原刊於《明報》2019 年 6 月 5 日）

母親最後不再沉默

—— 鄧正健

「六四舞台」年度開題，資深舞台編劇莊梅岩交出了劇本《5 月 35 日》。表現「5 月 35 日」的角度很多，但劇名訊息量很少，當觀眾步入劇院，看見舞台上一個寫實的首都家居布景，很快便明白莊梅岩選了一個最淡然也最沉重的角度：天安門母親。

相對於向強權高聲疾呼、要歸還歷史真相、討回公義、或追究罪債，母親的創傷是更幽微，更委婉，但情感力量也更大。不過莊梅岩寫的母親並非我們熟悉的上訪母親，而是一個沉默的母親。劇本貫徹了莊梅岩佳構的編劇技巧，幕起於一對各患惡疾的老夫婦怎樣如常生活，老妻小林自知很可能會早走一步，便替老伴阿大準備好足夠的糞袋。但劇情發展層層揭露，觀眾隨即便知道，他們有一兒子哲哲，卻在六四當夜被殺了。小林最後的心願是要到天安門拜祭一次亡兒。

郭翠怡演的小林不夠老態，幸好她跟演阿大的邱頌偉火花充足。不過劇本插入了大量倒敘，兩人必須來回於三十年前和當下的兩個場景，也需要在垂老和中年之間來回轉換。按一般演員慣性，演放比演收容易，是故當郭翠怡演回三十年前剛失愛兒的小林時，其爆發的表演能量完全足夠感染全場觀眾。可是，「情感太強」恰是小林這個母親角色最堪回味也最令人疑惑的地方。

劇情以一種不難想像的方式被揭示：三十年前，熱血磊落的兒子哲哲留書母親，便獨自跑到軍隊屠殺百姓的現場；發瘋似的小林被丈夫阿大及小叔哄騙，說失蹤的兒子大概已逃離現場。直至多日後她才知道，兒子原來已經死了，是丈夫和小叔為免兒子被冠上「反革命」罪名，故任當局處理屍體，也不讓小林向當局追究死因。當中一幕是小林被阿大綁在家裡，小林卻在瘋狂中凜然地痛罵兩人，尤其是大罵身為幹部的小叔為了自保，便助紂為虐。觀眾當然聽得聳動，也不難聽出編劇刻意把這些對白寫得陳義極高，鏗鏘有力，正是對極權的直接掌摑。之不過，這些話出在一個可剛剛痛失愛子的平民母親之口，又是否過於大義，而少了傷痛中的失態呢？

小林的情感無疑是怨也是恨，但對照她三十年間的沉默，這種怨恨的沉澱和轉化是怎樣發生的？劇中沒有清楚交代。莊梅岩似乎是想描寫一個沉默了三十年的母親，打算在臨死前拜祭亡兒，以圖獲得亡兒的原諒。在對白之間，小林總是流露出對政府的痛恨，更聲言這個殺人政權沒資格平反她的兒子，但這種論調，這種意識，是否能夠如此直接地就在一個沉默了三十年的母親身上顯現？她的怨恨難道不曾夾雜著妥協和放棄？她可以一直把小叔恨下去，但對於丈夫阿大呢？她聲言永遠不會原諒令她無法見兒子最後一面的丈夫，卻又切切實實地跟他生活了三十年啊。劇中莊梅岩顯然把她對六四的義憤表現得過於張揚，對小林這個在死前才決心以發聲贖罪的沉默母親，刻畫也略嫌片面。

當然從「恨」回歸到「愛」與「救贖」，是將六四作藝術轉化的理想呈現。劇中寫得最有味道的，還是身為「天安門父親」的阿大。他有一段獨白，透露了他為保護妻子而隱瞞兒子死訊的心情，也為他多年沉默也極力讓妻子沉默的隱衷，作出了很具同理心的刻畫。而劇末他決定替垂危的妻子到天安門拜祭亡兒，並著妻子想像他的行動，邱頌偉演來，不慍不火，沒渲染悲情，反見更幽微，更令人感動。而「天安門父親」這一隱藏於歷史暗影下的角度，也為「沉默母親」的故事添上細膩一筆，將劇中過度著跡的政治批判稍稍淡化。如此一來，劇到終處的亡魂超度一幕，才能更緊密地把生者死者聯繫起來。

（本文原刊於《明報周刊》，2019 年 6 月 14 日）

《5 月 35 日》

優異的六四劇

——石琪

每年五月有卅一日，何來卅五日呢？「六四舞台」製作的《5 月 35 日》，劇名巧妙暗示在中國大陸不能提及的六四。

今年是北京六四鎮壓三十周年，這舞台劇五月尾六月初於香港藝術中心壽臣劇院首演，七月下旬加場演出，全部十一場都爆滿，反應甚佳。適逢香港發生國際矚目的「反修例」狂潮，難怪此劇格外「合乎時宜」。

事實上，莊梅岩編劇，李鎮洲導演，還有朱栢謙擔任復排導演的《5 月 35 日》，是優異的本港創作劇，簡練感人，有笑有淚而不落俗套，亦有激情火花。

人物和場面簡單，陳舊住宅單位內，一對老夫老妻相依相愛而不斷鬥氣駁嘴，真切顯出不是冤家不聚頭的日常生活感。兩人年老多病，老妻還發現患上絕症，剩下幾個月壽命，妙在她爽朗安排後事，毫不哭哭啼啼，反而令老夫焦慮不安。

發展下去，充滿政治敏感性的六四當然是劇情關鍵。這對夫妻念念不忘的獨生子，卅年前在鎮壓中喪生，老妻要在自己死前完成心願：違抗官方禁令，排除萬難，六月四日前往天安門廣場拜祭愛兒。簡直是不可能的任務！

此劇獨特之處，在於不但把「可憐天下父母心」刻畫出生活實感，還有黑色幽默和荒謬感。並且在簡單場景中交織著往事回憶、當前老病，以及臨終的冒險大計，戲劇性相當複雜。怎樣找新世代年輕人「繼承」愛兒的遺物？便有現實諷刺。兩次「綁架」則有驚有笑有悲情。結局更有魔幻寫實感，可說是靈幻的虛擬真實。

男女主角都很出色。邱頌偉演老夫，這個粗口「大牛龜」其實愛妻如命，非常癡情。最精采是郭翠怡飾演老妻，網上號稱「廣場大媽」，瘦小兼絕症，然而性格倔強，滿懷悲憤又妙趣橫生，對白生動抵死。她發起火來有瘋狂爆炸性，作出大膽政治控訴。她的演出，很可能成為下屆香港舞台劇獎的最佳女主角。

現在香港演藝人材甚多，郭翠怡是誰呢？查查場刊介紹，原來我看過她在《黑色星期一》（莊梅岩編劇，甄詠蓓導演）演辦公室小秘書，初時不起眼，愈演愈有喜劇性。亦看過她編劇和參演的《Gap Life 人生罅隙》，留下這個小女子值得注意的印象。今次她扮老，形神貼切，十足鬥氣老妻／火氣老媽，我認不出她，真是多變好演員。

《5 月 35 日》的唯一配角是陳瑋聰，扮演四個角色，包括青年、幹部和公安。全劇正式演員就是郭翠怡、邱頌偉和他三位。不過尾聲出現大批青年，代表天安門廣場亡靈，唱出梵曲，作出毛利族戰舞式吶喊怒吼，形成震撼效果。

此劇整體配合出色，布景、服裝、燈光、作曲及音響都有水準。

這是莊梅岩編劇佳作，比數月前上演的《公路死亡事件》好得多。導演李鎮洲是她的好拍檔，早在《法吻》和《聖荷西謀殺案》便合作成功，今次作風大異，以老人戲為經，政治性為緯，想不到戲味和劇力都強。

值得一提劇中粵語對白悲喜交集，很有香港人親切感，初頭還以為是香港背景。其實這是北京一家人的故事，但少了北京味。當然，此劇為香港人創作，紀念六四而又貼近香港，可說借題發揮。亦明知不可能在大陸上演，因此香港味遠遠多過北京味，尤其是尾聲的香港政治性特強。

也要交代一下，我對六四有自己的看法，並非完全認同此劇的政治觀點。但以戲而論，《5 月 35 日》是可觀之作，是今年香港特別重要的劇作之一。無論政治立場怎樣，劇中處理老夫老妻和絕症，特別是喪兒之母的哀痛，真實感人，遠勝一般煽情俗品。

（本文原刊於《立場新聞》2019 年 7 月 30 日）

We Cannot Forget June Fourth

Andrew J. Nathan*

Thank you so much for sharing this film with me. This is a remarkable script and a remarkable production. It brings to life, in a way that is fresh and affecting, how the repression of a police state devastates the human soul. It tells us again that we cannot forget June Fourth, but it does more than that. Beyond politics and history are the play's insights into human love and loss – the love of parents for a child, the love of husband and wife for each other, and the way that profound grief infects and twists even the closest relationships. I do not speak Cantonese, but even if I had not read the excellent subtitles I would have understood the grief, anger, caring, hope, defeat, and resistance that the emotionally courageous performances of the three actors brought to full embodiment. The script is eloquent, the plot imaginative and precise in its revelation of every nuance of the characters' experiences and relationships. The closing scene added a final, unexpected jolt to an unforgettable experience. Extremely moving and brilliantly acted, this film makes the human meaning of June Fourth real to us again.

＊ Andrew J. Nathan is Class of 1919 Professor of Political Science at Columbia University. His teaching and research interests include Chinese politics and foreign policy, the comparative study of political participation and political culture, and human rights. He is engaged in long-term research and writing on Chinese foreign policy and on sources of political legitimacy in Asia, the latter research based on data from the Asian Barometer Survey, a multi-national collaborative survey research project active in eighteen countries in Asia.

Nathan is chair of the steering committee of the Center for the Study of Human Rights and chair of the Morningside Institutional Review Board (IRB) at Columbia. He served as chair of the Department of Political Science, 2003-2006, chair of the Executive Committee of the Faculty of Arts and Sciences, 2002-2003, and director of the Weatherhead East Asian Institute, 1991-1995. Off campus, he is a member and former chair of the board, Human Rights in China, a member of the Advisory Committee of Human Rights Watch, Asia, which he chaired, 1995-2000, and a former member of the board of the National Endowment for Democracy. He is the regular Asia book reviewer for Foreign Affairs magazine and a member of the editorial boards of the *Journal of Contemporary China, China Information*, and others. He does frequent interviews for the print and electronic media, has advised on several film documentaries on China, and has consulted for business and government.

Nathan's books include *Peking Politics, 1918-1923; Chinese Democracy; Popular Culture in Late Imperial China*, co-edited with David Johnson and Evelyn S. Rawski; *Human Rights in Contemporary China*, with R. Randle Edwards and Louis Henkin; *China's Crisis; The Great Wall and the Empty Fortress: China's Search for Security*, with Robert S. Ross; *China's Transition; The Tiananmen Papers*, co-edited with Perry Link; *Negotiating Culture and Human Rights: Beyond Universalism and Relativism*, co-edited with Lynda S. Bell and Ilan Peleg; *China's New Rulers: The Secret Files*, co-authored with Bruce Gilley; *Constructing Human Rights in the Age of Globalization*, co-edited with Mahmood Monshipouri, Neil Englehart, and Kavita Philip; *How East Asians View Democracy*, co-edited with Yun-han Chu, Larry Diamond, and Doh Chull Shin; and *China's Search for Security*, co-authored with Andrew Scobell.

The Power of Theatre

Bruce Long
Executive Director, CITA
Theatre Producer

I recall with vivid memory the powerful image of the young man singularly facing down the line of tanks. I recall him quite literally stopping them in their tracks. The image is powerful enough to survive the subsequent as-if-it-never-happened that is perpetuated by those in power today. Most of the world may remember only the young man in front of the tanks but there were hundreds of thousands of individuals many of whom lost their lives in their stance for basic human rights. What makes this play so important is its focus on an individual family and the lifelong consequences of June 4, 1989. The unending grief of a mother for her son because she was never able to say a proper goodbye, or memorialize him, or even publicly acknowledge how or why he died is palatable. Her emotions are raw and has taken a severe toll on her marriage. Their son may have died a gruesome premature death on that day but they have been dying a slow but equally devastating death since that day. It is the power of theatre to punctuate this human experience. Perhaps more powerful than the cold lifeless apartment in which much of the story transpires is the coda of the play wherein the souls of students wail and cry for justice in the ethereal light of eternity. This story is powerful and emotionally moving from first to last curtain. I applaud the cast and creative who staged this story. Well done.

May 35th

Joe Frost
Artistic Director of Floodlight Theatre Company

It can be difficult to dissect a piece of art that has moved you very deeply, for once one tries to analyze how one has been moved, a kind of divine magic is disturbed. How does a work of theatre speak so loudly to issues both political and personal, national and individual, global and internal? How can it be starkly realistic and boldly theatrical?

"There is a wall between us that will never be broken.
A debt between the country and me that will never be settled!"

Layers of familial turmoil, individual wrestling with grief and loss, the breaking of trust, the desire to move forward and still honor the burdens of the past. Three virtuoso performances and scenic storytelling through set, lighting, sound, costumes, and makeup, and turning the process of time into yet another way to unlock this powerful story about what is lost during an event like the June 4th Incident, and how a people struggle to rebuild a faith in the world around them, all brought into an ending expression that is a siren song, calling us to important but dangerous waters, with a howl that is both a pained yawp of desperate longing from the past and a visceral battle cry for the future. There is a divine magic in this play, and I have been moved deeply.

6 月 3 日響起榮光

兩年《5 月 35 日》觀後感

Pianda

去年是六四 30 周年，六四舞台上演莊梅岩編劇的《5 月 35 日》，引來極大迴響。5 月首演時「送中立法」如箭在弦，觀眾對學生當年為爭取民主而喪命分外有感觸。想不到 1 年後《5 月 35 日》再演，香港也有了為民主自由而犧牲的年輕人。

文化工作者。在世界待得愈久，愈確定最好看的風景就是人。離不開互聯網，盡量讓文章見於紙媒。

六四舞台今年再演此劇，換上全新班底，陳曙曦接李鎮洲的棒執導，男女主角換上實際年齡更接近角色設定的喬寶忠和區嘉雯，是為「《5 月 35 日》（庚子版）」，可以預計今年的觀眾將承受比去年觀演更大的衝擊。

·去年，我們嘗試鎮痛

《5 月 35 日》講述安分守己的阿大和小林，於 30 年前的一場運動失去了獨子哲哲，二人沒有聲討，啞忍喪子之痛，直至今年小林確診末期腦癌， 80 歲的兩老終決心到兒子喪命的廣場拜祭。

去年首演，阿大和小林分別由邱頌偉、郭翠怡兩位 30 多歲的演員飾演，郭翠怡演七老八十的母親，將悲傷和幽默的情感稍稍放大，演父親的邱頌偉台詞夾雜廣東粗口，又說情到濃時要「打個茄輪」，這些設定令觀眾較易面對歷史的沉重，港式用語亦起到透過疏離感鎮痛的效果。

·觀眾已無規避餘裕

去年首演時，觀眾對兩老喪子的經歷，可以想像卻難以企及。今年再演，這些遭遇隨時殺到埋身。導演陳曙曦的處理亦更扣連當下，起用五六十歲的喬寶忠和區嘉雯演兩老，而歲月沉澱而來的質感，年輕演員演繹再細緻也演不出來。區嘉雯演繹的小林，相對較為內斂，將屈辱和憤怒壓在緩緩說出的台詞之下。今年的觀眾已沒有餘裕規避傷痛，因為我們已親身經歷了和 30 年前相似的震撼，只是時代的力量還未讓我們走向相同的結局。

・54 萬人觀看，空前紀錄

不問可知，原定今年入場的觀眾必定更感同身受，更多人在黑暗中偷泣。偏偏，新冠肺炎襲港，加上《國安法》來勢洶洶，演出改為網上直播，隔著熒幕收看，劇場特有的感染力是打了折扣。不過，網上直播加上演後約 4 天的重溫播放，六四舞台在 YouTube 及 facebook 平台合共錄得超過 54 萬觀看人次，這樣龐大的觀眾人數，實是香港劇場難以達到。網上直播的情感交流雖不及劇場演出直接，但是導演卻巧妙地運用了直播鏡頭的轉折。

・今年沒有安魂曲

《5 月 35 日》去年公演之所以矚目，除了因為六四 30 周年，更因為這是香港戲劇界鮮有地擺明車馬講八九六四的作品。導演李鎮洲在結尾部分，加上了一段沒有對白的形體演出，令同一台戲既撫慰傷痛又振奮士氣，成為當時不能劇透的熱話。

事過境遷，現在這裡公開，並對照今年陳曙曦的處理，從中可窺香港急速變化的時局。劇情發展到最後，小林去不到廣場，但阿大出發了。他是否成功闖關，觀眾沒法知道，因為我們都跟隨小林去到另一個時空。一片漆黑之中，小林變回中年回到廣場，和遠處的一個少年相視而笑，此時如安魂曲的音樂響起，一群衣著樸素的年輕亡魂，溫柔地簇擁著小林消失舞台深處。

·兩個結局　緊扣時局

根據莊梅岩劇本，此時已可黑燈落幕，觀眾能在寬慰中散場。但導演李鎮洲不滿足於撫慰心靈的美善，希望我們勇敢地面對不安的現實。退場中的亡魂在怒吼之中全部回頭步向觀眾，一邊怒吼，一邊做著猶如誓師的戰舞動作，那是一種喊到靈魂深處的憤怒，呼應如箭在弦的送中立法，香港人已做好準備。

陳曙曦執導的「庚子版」，延續將六四扣連當下的處理。小林仍舊去不到廣場，但阿大出發了，她被阿大的愛牽引到廣場，沒有重遇愛子，她悄悄看著阿大點起蠟燭的背影，此時鏡頭一轉，觀眾看見現場伴奏的樂手，脫離舞台上的北京時空，突然敲門聲響起，鏡頭轉向全身黑衣工作人員（劇場後台的工作人員都穿黑）戴上黃帽、眼罩、豬嘴，拿起長傘，衝去為區嘉雯、喬寶忠戴上防護裝備，《願榮光歸香港》音樂響起，大光燈由門縫射進，演出就停在這裡。

·律師臨場待命

觀眾剎那間覺醒自己在看戲，演員冒著不可知的風險參演，送中條例、國安立法的恐懼具體呈現在 54 萬觀眾眼前。監製列明慧在演後藝人談透露，他們為此演出特別在場地裝了閉路電視，亦請了律師臨場待命，可見團隊承受不少壓力。莊梅岩、陳曙曦坦言他們都是普通人，都會為不可知的打壓感到恐懼。演員區嘉雯、喬寶忠、黎濟銘、郭小杰亦知道，接演此劇有機會影響日後的工作，仍然參與演出。

·「衝擊那條不正常的底線」

今年港府不批六四燭光集會，6 月 3 日晚的《5 月 35 日》（庚子版）直播，成為大眾悼念的場所， 30 年沉冤未雪，我們對當年的暴行愈來愈感同身受，每一個生命最終都會煙消雲散，亡魂和未被記下的歷史只能棲身於後人的記憶之中。讓一代又一代的演員深入難屬角色的生命，無疑是一種傳承。「翻開無處安放的記憶，衝擊那條不正常的底線。」是《5 月 35 日》的點題宣傳語。去年我們在《5 月 35 日》聽著年輕亡魂怒吼，今年我們的年輕人已向著世界呼喊。藝術和歷史，令我們毋忘過去，更讓我們窺見未來。

（本文原刊於《明報》2020 年 6 月 13 日）

5 月 35 日【庚子版】

從苟活到救贖．從當年到當下

——安徒

今年的六四紀念晚會，被警方以「限聚令」為由封殺。災難每每成為強權政府打壓民權的藉口，似乎又添一例。不過，當晚仍然有成千上萬的人入場悼念，顯見市民堅持悼念的決心，並未因禁令而減退。而且，正因為疫情未退，今年「六四舞台」紀念六四的劇目《5 月 35 日》採用了網上全球直播的方式，累計有數十萬人登入觀賞，創造了香港劇場歷史的新一章，似乎也是一種天意。

《5 月 35 日》去年首次在劇場演出，已經好評如潮，除了受益於導演李鎮洲調度舞台空間與掌握節奏的功力，以及演員們精湛的演出之外，居首功的無疑是編劇莊梅岩所寫的優異劇本。在編劇的筆下，八九六四發生前後三十年的歷史，給凝練為一對兒子死於六四的老夫妻之間的恩怨悲喜劇，講述一名老人如何面對患上絕症的老妻。兩人面對將臨的生離死別，不得不翻開被塵封的記憶，也打開了三十年的鬱結。為了最終的復和，兩人鼓起了勇氣，試圖達成一個共同心願，在老婦臨終之前雙雙親自前往廣場「堂堂正正」地拜祭兒子。

故事的背景是北京，編劇也曾為了蒐集資料，親自赴京探訪天安門受難家屬。戲劇活靈活現了今日在中國大陸，甚至連父母拜祭子女也遭打壓、不能「堂堂正正」的荒謬真實。然而，掩埋在這對父母對亡兒心理鬱結底下的，其實是一個更有廣泛意義的問題：是甚麼導致了他們會覺得自己「苟活了三十年」？通過兩人的自我剖白和回憶，答案是一連串的恐懼與無助：恐懼自己被鄰居發現自己是「難屬」，恐懼這「異於其他人」的身份會「連累」親戚與家人……這種種微小的恐懼使人們陷入深深孤立，而這些無助的小人物就更易於被騙，進而與當權者妥協，把憤懣壓抑於心底而甘於「苟活」。

·蓋在「苟活」上的最後面紗由《國安法》撕去

香港人於此地「平安地」悼念六四凡三十年，情況自然比起北京（廣義的中國內地）遭受較小的打壓，然而因恐懼而與當權者不斷妥協的情況，同樣是把香港推向只能「苟活求存」的境地。到今日，隨《國安法》而來的是一國兩制的壽終正寢，蓋在「苟活求存」之上的最後一塊面紗也無情被撕去，延遲了三十年終於來到的「後六四處境」，讓人驚覺最終命運並無分此地他方。

在龐大的極權巨獸面前，任何人都只是小人物。小人物圖取「苟且而活」總有各自的合理理由。然而，苟活的代價就是扭曲人性與良知，終至於「自我刪除」、「主動失憶」，甘於活在謊言的世界。及至面對死亡的終極一刻，只能抱憾地交出一張毫無意義的白卷，甚至成為共謀者，令極權體制愈來愈兇猛。

《5 月 35 日》之所以能跳出六四只是悼念「他人」「不幸」的困局，正因為它既是一齣討論普遍人性弱點和小人物生存處境的悲劇，也擊中了近年香港在政治上出現嚴重「代際鴻溝」這種「情緒結構」。就這個角度而言，《5 月 35 日》也是一齣折射出濃厚香港本土情懷的戲劇。親歷六四的「上一代」，甘於協妥、忍讓，但其背後往往是劇中老父所代表的那百般無可奈何的辛酸苦澀。相對而言，冀盼守護兒子青春理想的老婦，則渴望活在真誠真實之中，間接映照出今日香港「下一代」那種不甘妥協、試圖作絕地反抗的意志。此劇試圖指出，保存和守護這種意志，其實正是每年悼念六四的真正合理原因。

・保存反抗意志　悼六四真正原因

經過種種悲喜交集的自剖、對話和互動，兩個老人家最終達成和解，但前提是共同鼓起「存在的勇氣」，無論如何，想方設法也要到廣場「堂堂正正」的拜祭——這是戲劇的辯證張力從矛盾、衝突，到融會、提升的關鍵轉折。對於一個身患絕症、只能倒數死亡的老人來說，這也是一種追求最後「救贖」的努力，既是卑微，卻也偉大。

今年的網上演出改由陳曙曦執導，原作潛藏的六四本土意義也更坦露。開幕初段加入了電視機上不斷播出的影像，八九民主運動和香港近年抗爭的場面不斷交替穿梭；結尾一段，老婦人離世後，靈魂親自去到廣場與逝去青年們的英靈相遇，背景聲音是廣場上的咆吼與吶喊，但投影在白布幕與牆上的則是戴上頭盔、手中握傘的香港抗爭者剪影，象徵性地把六四悼念與本地抗爭無縫地連結起來。「當年」的六四立時轉化為《國安法》將臨的香港「當下」。

・蘇聯入侵 捷克劇界頑強存活

於是，舊有的燭光晚會雖然無法在今年持續，但透過網上連繫與戲劇藝術的形式，六四的回憶不單沒有淡忘，反而是進入轉化與重生的階段。而在演後的座談中，演出者透露了極權壓境的「當下」，這個演出也深受這種將臨的恐懼所籠罩，他們為各種可能出現的破壞和干擾都作好了準備。這個場景讓筆者聯想起捷克劇作家，例如哈維爾等，當年如何在極其艱難的環境下，堅持創作與演出。

在「布拉格之春」被蘇聯坦克粉碎、捷克社會進入「常態化」時期起，當局在文藝界進行大清洗。大量的劇作家被降職或開除，禁止寫作劇本。出版社不能出版他們的劇本，甚至他們過去出版了的劇本（哪怕是曾經得官方獎項的）也要從圖書館和書局下架，不准流通與傳閱。劇團及劇院均禁止演出他們的作品，媒體上甚至不能再提及他們的名字。

然而，雖然環境是如斯惡劣，但不少人還是堅持私下創作，繼續以戲劇來表達思想，以觀劇、賞劇來維繫公民團結，開展有異於官方監控的自由生活空間。他們的劇作要不是以地下刊物（samizdat）的形式出版，私下複印與流傳，要不就是透過走私渠道，在海外發表和演出。不少捷克劇作家當時創作的首演並不在捷克國內，更有部分人冒著極大的風險，在捷克國內以地下形式演出。例如哈維爾的一套名為《The Beggar's Opera》的戲就是在布拉格市郊一個偏僻小區劇場公演，以避秘密警察耳目。今年《5 月 35 日》的演出，有點像是排演著香港戲劇如何演習預備未來新的存活形態。

·無畏無懼迎接未來六四舞台最佳示範

駐香港的國安人員一直在監視，這個無需驚訝，將臨的《港區國安法》看來主要是把他們的運作合法化和「常態化」。問題只是他們覺得有多大需要監視文藝創作，甚至戲劇演出，是明令刪禁還是繼續暗地壓制和阻礙。在文化、藝術，以至學院各界種種「跪低」與表態効忠的逆流面前，如何無畏無懼地迎接未來，「六四舞台」作出了今年最佳的示範。

（本文原刊於《明報》2020 年 6 月 14 日）

17

MAY

35th

附錄

「六四舞台」——緣起

「六四舞台」 是一個非牟利註冊藝術劇團，於 2009 年（「六四」二十周年）由一群志同道合、理念相近的志願人士組成。部分成員因曾參與「六四」燭光集會的舞台工作，故自稱「 六四舞台」。我們希望以藝術表演形式，介紹八九民運及「六四」事件，以期喚起人們，特別是年輕一代，對香港及中國民主發展的關注。

公開演出

年份	劇目	場地
2009	《在廣場放一朵小白花》	兆基創意書院多媒體劇場
2010	《在廣場放一朵小白花（重演）》	兆基創意書院多媒體劇場
2012	《讓黃雀飛》	香港藝術中心壽臣劇院
2013	《黃雀飛——佔領中環版》	牛池灣文娛中心劇院
2014	《王丹》	香港藝術中心壽臣劇院
2016	《推土機前種花（學校巡迴劇目滙演）》	兆基創意書院多媒體劇場
2017	《傷城記》	牛池灣文娛中心劇院
2019	《5 月 35 日》	香港藝術中心壽臣劇院

「六四舞台」曾為香港戲劇協會團體會員，作為舞台劇主辦單位，凝聚一班專業的舞台工作者，嘗試以不同戲劇手法、原創音樂及錄像設計等，說出「六四」真相，引發觀眾反思。曾邀得著名音樂人周博賢、吳彤、Barry Lam 等編寫原創歌曲，並由 VIIV 樂隊現場演繹。其中吳彤憑歌曲《黃雀飛》獲第 23 屆香港舞台劇獎最佳原創歌曲提名；演員陳康憑《傷城記》獲第 27 屆香港舞台劇獎最佳男主角（悲劇／正劇）提名。

《5 月 35 日》於 2019 年（「六四」三十周年）5 月首演 5 場，門票開賣 1 小時內火速售罄，於7月加開6場亦全場爆滿一票難求，並榮獲多個獎項及肯定：

列明慧、黃懿雯 —— 獲香港舞台劇獎香港舞台劇獎最佳製作
莊梅岩 —— 獲香港舞台劇獎最佳劇本
李鎮洲 —— 獲香港舞台劇獎最佳導演（悲劇／正劇）
鄧煒培 —— 獲香港舞台劇獎最佳燈光設計
香港舞台劇獎年度優秀製作
邱頌偉 —— 獲提名香港舞台劇獎最佳男主角（悲劇／正劇）
郭翠怡 —— 獲提名香港舞台劇獎最佳女主角（悲劇／正劇）
國際演藝評論家協會（香港分會）頒發劇評人獎「特別表揚獎」

2010——在廣場放一朵小白花

再也說不出是什麼感覺，淚水第一次沒有模糊視線。

如果有一天，廣場上不能放一束鮮花為亡者致祭，

我就會在天空放一隻畫了小白花的風箏……

2012——讓黃雀飛

抗爭容不下妥協，為他們各自遠飛埋下了伏線。他們挑戰強權，不懼疾風急雨，但不惜犧牲一切，就能爭取到真正的自由？

2014——王丹

我是個無可救藥的理想主義者，在最黑暗中看到光明的種子。

2017——傷城記

在最艱難時刻作出的決擇，才決定你是個怎樣的人。面對價值與信念的分歧、崩塌，兩夫妻將何去何從？

網上演出 ——————

2020年6月：《5月35日》（庚子版）網上直播

因新冠疫情，香港所有表演場地封館，《5月35日》（庚子版）被迫取消。沒有票房收入下，「六四舞台」變陣於網上眾籌50萬元，將劇目改以網上直播形式播放，令全球各地的人在抗疫期間，都能欣賞紀念六四的舞台演出。《5月35日》（庚子版）網上播放90小時，合共超過54萬觀眾觀賞，創下香港劇場的歷史。

2021年

6月1日 網上讀劇（一）《在廣場放一朵小白花》

6月3日 網上讀劇（二）《5月35日》（庚子版）

同因新冠疫情所有表演場地封館，加上政府以《預防及控制疾病（禁止聚集）規例》（限聚令），禁止市民到維園或其他公眾場地進行任何形式的紀念活動，「六四舞台」舉行網上讀劇活動，並設網上演後座談會，與嘉賓及網上觀眾分享劇中點滴及想法。

學校巡迴演出 ————

「六四舞台」由 2010 年至 2019 年舉辦學校巡迴演出共十年，曾於 149 間學校演出共 295 場次，觀賞學生人數接近 74,000 名。演出劇目包括：《在廣場放一朵小白花》、《讓黃雀飛》、《那年我的孩子 17 歲》、《沒有 8903》及《大海落霞》。從演後收集到的意見中，所有老師均認為，話劇非常適合用作中國歷史科、 國民教育科及通識科的補充教材，亦切合「其他學習經歷」的範疇。

原計劃 2020 年將《5 月 35 日》（學校巡演版）帶進校園，將一雙年老難屬的故事，呈現學校舞台。可惜受新冠疫情及《香港國安法》影響，已報名的 31 間學校均取消演出。

有負責老師坦言考慮到本劇團可能干犯《國安法》，有煽動及顛覆國家政權的風險，亦有老師提及考慮到學生經歷過 2019 年社會運動，而本劇可能勾起或激發有關負面情緒，或引致外間組織向當局投訴學校與本團有聯繫，故決定取消演出。

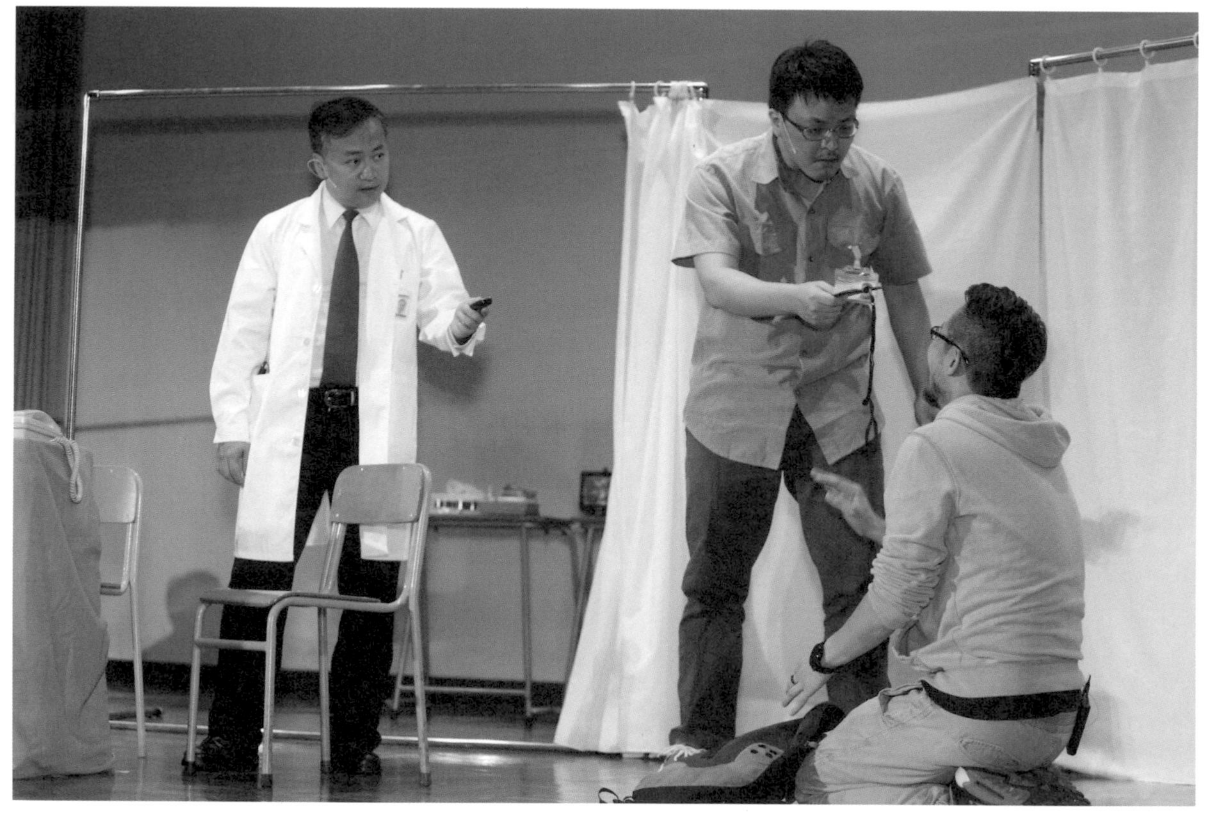

2018 學校巡演劇目 ——— 沒有 8903

面對不可預測的疫症，要戰勝恐懼，除了藥物醫療外，還需要言論自由、新聞自由。

放映會 ————

2020 年 9 月 13-16 日於香港藝術中心古天樂電影院舉行 7 場《5 月 35 日》（2019 舞台版）錄像放映會，門票全部售罄；9 月 13 及 14 日播映完結後設「演後藝人談」，與觀眾互動。

2017 年 10 月 ———

「六四舞台」委約編劇莊梅岩撰寫劇本。

2017 年 12 月 ———

邀得李鎮洲擔任導演，黃懿雯擔任聯合監製，開始籌備演出。

2019 年 5 月 31 日 - 6 月 2 日 ———

香港藝術中心壽臣劇院首演，演出 5 場（包括 1 場教協專場），以悼念六四 30 周年。首演門票在公開售票後不足 1 小時售罄，徇眾要求，7 月加開 6 場。

2019 年 7 月 26 - 28 日 ———

香港藝術中心壽臣劇院重演，演出 6 場。

2019 年 12 月 ———

邀約導演陳曙曦重新演繹劇本，製作《5 月 35 日》（庚子版）。

2020 年 3 月 ———

受新冠肺炎疫情影響，原定於 5 月在香港藝術中心的演出被迫取消。團隊決定網上眾籌製作費用，於一星期內成功籌得超過 50 萬港元，改以網上直播演出。

2020 年 6 月 3 - 4 日 ———

《5 月 35 日》（庚子版）於六四前夕向全球人士同步免費播放，觀看直播人數超過 6 萬，比現場演出的觀眾人數多近 200 倍，並於 6 月 4 日後網上分享，90 小時內共有逾 55 萬瀏覽量。

2020 年 6 月 ———

《5 月 35 日》獲「第 29 屆香港舞台劇獎」6 項提名，並最終奪得 5 個獎項：最佳製作、最佳導演（悲劇／正劇）、最佳劇本、最佳燈光設計和年度優秀創作。

2020 年 6 月 30 日 ———

中央政府以「決定＋立法」方式制定《香港國安法》並列入《基本法》附件三，於 2020 年 6 月 30 日由行政長官在特區頒布實施。

2020 年 9 月 13-16 日 ———

於香港藝術中心古天樂電影院舉行 7 場《5 月 35 日》（2019 舞台版）錄像放映會，門票全部售罄。

2021 年 1 月 ———

受表演場地封館影響，原定於 2021 年 1 月在香港藝術中心的演出再度被迫取消。

2021 年 6 月 1 日、3 日 ———

舉辦 2 場網上讀劇會，先後演出創團劇目《在廣場上放一朵小白花》和《5 月 35 日》（庚子版），均為免費直播演出

2021 年 7 月至 9 月 ———

香港警方以疫情為由，反對「支聯會」於維多利亞公園舉辦的六四悼念晚會；「支聯會」副主席鄒幸彤表示會以個人名義到場。翌日，她被警方以「涉嫌宣傳未經批准集結」為由拘捕。之後她曾被保釋候審；但在七一前夕，警方撤消鄒幸彤的保釋，被關押至今。2021 年 9 月 8 日，「支聯會」因拒絕在限期內向香港國安處提交運作資料，成員被警方上門拘捕。2021 年 9 月 9 日警方正式起訴支聯會主席李卓人、副主席何俊仁和鄒幸彤，以及支聯會「煽動顛覆國家政權罪」，最高刑罰可處終身監禁或者十年以上監禁。

2021 年 9 月 ———

在失去「免於恐懼的自由」下，「六四舞台」自行解散。

2022 年 4 月 20 - 24 日 ———

於東京藝術劇場公演了日本劇作家石原燃翻譯的《5 月 35 日》（日語版）共 7 場，由日本劇團株式会社 P カンパニー製作，松本祐子導演，並於同年 12 月獲「小田島雄志・翻譯劇本獎」。

2022 年 5 月至 10 月 ———

海外組織「535 Multimedia-overseas」與不同世界各地不同團體及組織合辦，在臺灣、英國、加拿大及美國舉辦放映會（2019 年舞台劇現場錄影版）。

2022 年 5 月 31 日

英國特羅布里奇 Trowbridge

2022 年 6 月 1 日

臺灣臺南

2022 年 6 月 3 日

英國曼徹斯特 Manchester、謝菲爾德 Sheffield、伯明翰 Birmingham

臺灣臺北

2022 年 6 月 4 日

加拿大愛民頓 Edmonton

2022 年 6 月 5 日

英國倫敦 London、愛丁堡 Edinburgh

2022 年 6 月 11 日

英國諾丁漢 Nottingham

2022 年 7 月 8-14 日

美國洛杉磯 Los Angeles

2022 年 7 月 16 日

加拿大多倫多 Toronto

2022 年 8 月 2 日

美國洛杉磯 Los Angeles

2022 年 10 月 1 日

英國布萊頓 Brighton

2023 年 6 月 2 日 -6 月 4 日

國際特赦組織臺灣分會主辦，「曉劇場」製作，於臺北搬演《5 月 35 日》（國語版），演出 5 場，並特設 1 場粵語讀劇。

圖片來源：Rory Chu，主辦 Birmingham HongKongers

圖片來源：愛民頓放映會——愛民頓香港民主陣線主辦

圖片來源：國際特赦組織臺灣分部

2019 年舞台劇演出製作人員名單

編劇：莊梅岩

導演：李鎮洲

復排導演：Jacky

聯合監製：列明慧、黃懿雯

布景設計：邵偉敏

燈光設計：鄧煒培

音響設計：陳偉發

形體指導：伍仲偉

製作經理及舞台監督：劉漢華

執行舞台監督：曾慧筠

平面設計：Alfie Leung

宣傳插畫：楊東龍

演出攝影：Kit Chan Imagery, Cheung Chi Wai@Moon 9 Image

角色表——

郭翠怡 飾 小林

邱頌偉 飾 阿大

陳瑋聰 飾 青年、青年二、阿平、陌生人

張嘉敏、Abigail So、彭皓怡、凜月、施穎怡、Karissa Lau、羅心愉、張德賢、Toby、小奧、蘇文晞、C.K.Y、馬仔、陳穎曦、公雞、劉子健、盧子健、盧皓明、Vivian、onyi、黃樂怡、Seal、Ming、石偉楠 飾 亡魂

2020 年（庚子版）網上直播舞台劇演出製作人員名單

編劇：莊梅岩

導演：陳曙曦

聯合監製：列明慧、黃懿雯

布景及服裝設計：火星人

燈光設計：馮國基

音響設計：陳偉發

現場演奏：Celloman

製作經理及舞台監督：劉漢華

執行舞台監督： Nan Lo

劇照拍攝：Kit Chan Imagery

角色表——

區嘉雯 飾 小林

喬寶忠 飾 阿大

黎濟銘 飾 阿平

郭小杰 飾 青年、青年二、陌生人

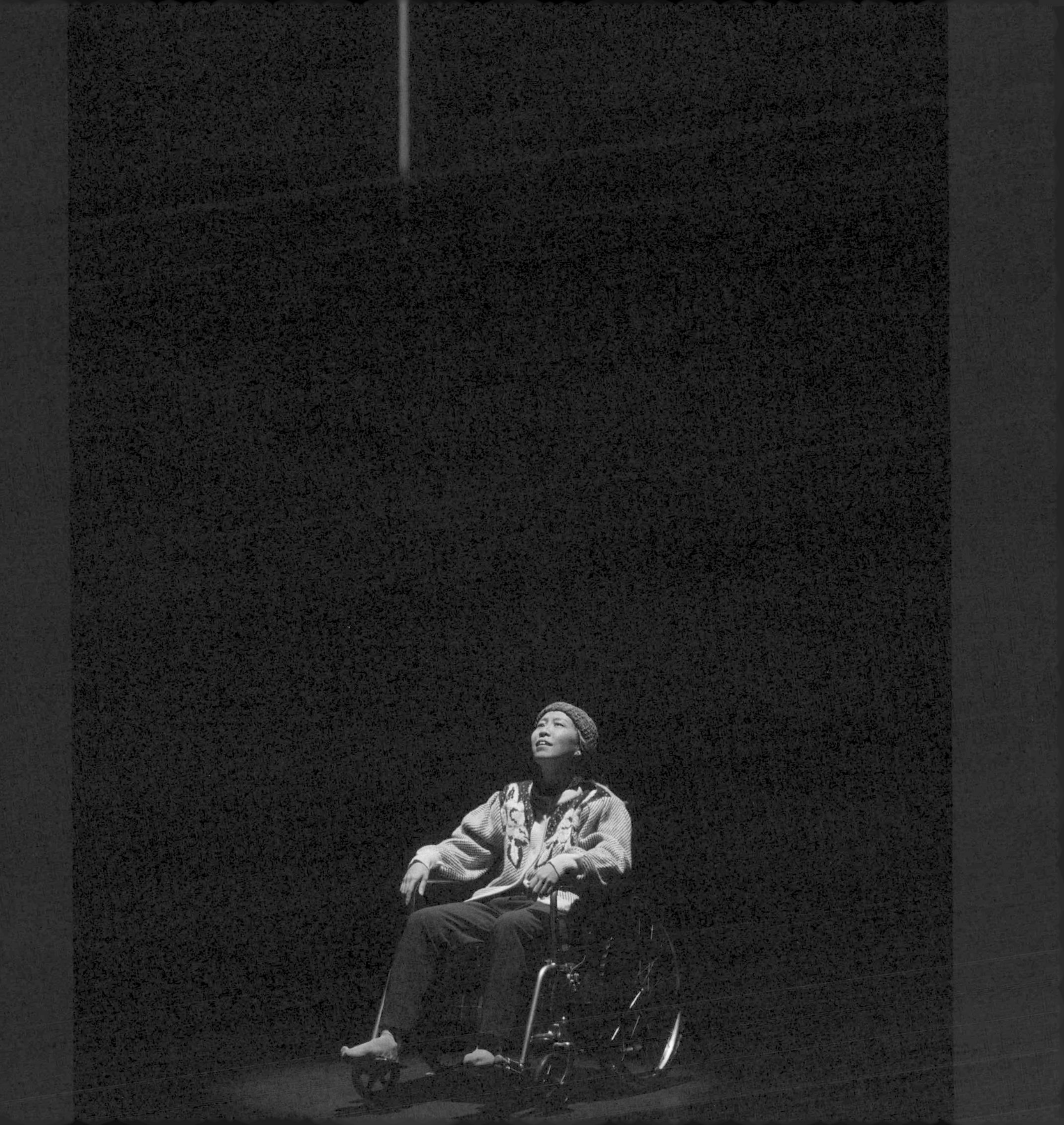

567●●

唔准講 唔等於無發生過

5月35日

——創作·記憶·抗爭——

國家圖書館出版品預行編目（CIP）資料｜五月三十五日：創作．記憶．抗爭／六四舞台作. --初版. -- 臺北市：一八四一出版有限公司，2023.05｜348面；19×19公分｜ISBN 978-626-97372-1-5（平裝）｜854.6｜112007332

作者	六四舞台
原作	莊梅岩
責任編輯	樗
執行編輯	林慧行
文字校對	Eason、John
劇照攝影	Kit Chan Imagery、Cheung Chi Wai@Moon 9 Image
插畫	SteFunny Yeung
封面設計及內文排版	Vincent Chen
印刷	博客斯彩藝有限公司

1841
一八四一

社長	沈旭暉
總編輯	孔德維
出版	一八四一出版有限公司
地址	臺北市民生東路三段130巷5弄22號2樓
電子信箱	enquiry@1841.co

初版三刷	2023年7月
定價	NT$450
ISBN	978-626-97372-1-5
客服專線	0800-221-029
法律顧問	華洋法律事務所 蘇文生律師